U0466827

高高BOOKS

残雪 著

鱼人

时代出版传媒股份有限公司
安徽文艺出版社

图书在版编目（CIP）数据

鱼人 / 残雪著. — 合肥：安徽文艺出版社，2022.9
ISBN 978-7-5396-7542-8

Ⅰ. ①鱼… Ⅱ. ①残… Ⅲ. ①中篇小说－小说集－中国－当代②短篇小说－小说集－中国－当代 Ⅳ. ①I247.7

中国版本图书馆CIP数据核字(2022)第 161591 号

鱼人
YU REN

出 版 人：**姚　巍**
责任编辑：**张妍妍　宋潇婧**　　策　划：**高高 BOOKS**
选题统筹：**高　欣**　　　　　　装帧设计：**高高 BOOKS**

··

出版发行：安徽文艺出版社　www.awpub.com
地　　址：合肥市翡翠路1118号　邮政编码：230071
营 销 部：(0551)63533889
印　　制：北京盛通印刷股份有限公司　　(010)52249888

··

开本：787×1092　1/32　印张：7　字数：84千字
版次：2022年9月第1版
印次：2022年9月第1次印刷
定价：42.00元

··

(如发现印装质量问题，影响阅读，请与出版社联系调换)
版权所有，侵权必究

*

一位真正的作家中的作家

*

在20世纪90年代,美国文坛大佬苏珊·桑塔格女士对布莱德福·莫罗先生说,即使中国只有一个获得诺贝尔文学奖的名额,那也应该属于残雪(这句话在美国文坛被多次引用)。布莱德福·莫罗是美国最有名的实验文学杂志《连接》的总编、著名小说家,多次获得欧·亨利奖等奖项。他在2019年说:"残雪的小说总是像一个奇迹,她是世界文坛上极有创造性、极为重要的作家之一。"美国汉学家蓝温蒂女士在20世纪90年代也说过,苏珊·桑塔格女士最想写的小说就是残雪的那种小说。

2009年,残雪第一次访问了耶鲁大学。在耶鲁大学东亚语言文学系的办公室里同世界文学理论批评界的大佬哈罗德·布鲁姆先生进行了长达一小时的录音会谈。谈话中残雪直率地说起国内批评界对她的作品的贬低。哈罗德·布鲁姆先生立即回应残雪说:"我请求您不要浪费您的宝贵的时间去理睬那些人。形势是一定会改变的,请您相信我的经验。"在谈话中,哈罗德·布鲁姆先生带着感情对残雪说:"我的那些老朋友几乎都已经去世了,我感到,您是一位可以同我一月又一月、一年又一年地对谈下去的朋友。"

*

世界说残雪

　　残雪这位女性作家是中国的卡夫卡，甚至比卡夫卡更厉害……是位很特别的作家。

——马悦然
诺贝尔文学奖评委、瑞典著名汉学家

　　相对于余华、苏童和2012年诺贝尔文学奖获得者莫言等当代作家的社会性讽刺性现实主义作品，残雪作品的想象力飞得更高，也挖掘得更深。

——博伊德·唐金
英国《独立报》资深文学编辑
曾任国际布克奖评委会主席，现为该奖终身顾问

*

如果要我说出谁是中国最好的作家,我会毫不犹豫地说:"残雪。"

—— 苏珊·桑塔格
美国作家、艺术评论家

我无法相信这样一位作家——直率地说,她无可匹敌——在英语文学世界里还未获得她应得的声誉。她的近期作品更是从手法上和感情上大大超越了她的早期作品。

—— 乔恩·所罗门
美国小说家

*

她沉浸于那些令人恐怖的意象中，同时保留不动声色的仁慈。

—— 布莱德·马罗

美国作家

中国作家残雪，她绝对是中国作家中的特例。她的作品达到了我所说的完全自由的境界，在她的作品中，只有人。

—— 谢尔盖·托洛普采夫

俄罗斯汉学家

作为空中楼阁的代表，大概推举残雪为妥吧。这楼阁，即使在形成'85高峰的作品中，也显得高不可攀。

—— 高岛俊男

日本学者

目录

双脚像一团鱼网的女人 1

去菜地的路 21

断垣残壁里的风景 41

掩埋 63

鱼人 85

双脚像一团鱼网的女人

祖母说这些话时,柔软的厚嘴唇变得红艳艳的,在烛光里分外显目。泥朱有种预感,似乎一朵巨大的、火红的绢花正要从她口中飘出,那红光将她瘦长多褶的蓝脸映得分外生动。

烛火在窗前静静地燃着,祖母的声音干巴巴的。一股风吹着窗帘,"啪嗒"一响。泥朱挪动了一下身子,用力盯住祖母在烛光里变幻不定的瘦脸。

"偶尔白裙子和石膏鞋,一般是很普通的旧衣服,穿着十分随便。"祖母龇了龇长长的、黄色的门牙,似乎在笑。泥朱永远不能肯定祖母是否真的在笑,也可能祖母从来不笑吧。"年纪嘛,很难说。这类女人似乎很老,又似乎很年轻。上一次她是从后门进来的,当时我正在关门,压着了她的脚,她没吭声,我倒'哎哟'了一声。正想道歉,低头一看,原来那只脚是一团鱼网状的东西。她进来了，点点头，坐在那团鱼网上面。"

"她走路的时候，就在鱼网上飘来飘去吗？"泥朱的眼里放出贪婪的光芒，用力嗅了嗅，十分兴奋。

"当然。即便是从她后脑勺看去，也能看见许多的网眼。而且一个人没有脚，却又在行走中发出脚步声，这也是令人兴奋的一件事啊。"

祖母说完这句话，烛火忽然灭了。于黑暗中，泥朱触到了骨节分明皱褶很多的老年人的手。那些指头在他的手臂上来回地摸索，像找什么东西。泥朱开始还有些异样，后来就慢慢体会到了什么，心绪平静下来。祖母粗糙微温的指头于沉寂中向泥朱传递着单调纯粹的信息。泥朱屏住气，希望她重提同样的话题，他的脉搏在期待中逐渐变得悠长缓慢。

"当然，她也与你的意念直接相关。当你心神涣散，思想和语言处于游离状态时，她便出现得十分频繁。有的人，比如我，从小便与她结为忘年之交。那个时候她是有脚的，穿着黄色的棉纱袜，手里也不是像现在这样空着，而是拿着许多副黑边眼镜，镜片在阳光下闪闪烁烁的。那时的她从不与我擦身而过，总是保持一段距离。若在马路上，我就和她一人走在马路的一边，我隔着马路不停地打量她，她却根本不望我，只是走，她对我了解得很清楚。"祖母说着话，突然不合时宜地"嘿嘿"笑了起来。窗外虽有微光，屋里却分外地黑。泥朱看不见祖母，只能根据她的声音来判断她的方位。

他不知道是什么时候睡着了的，因为到他醒来时，第二支蜡烛又点燃了。祖母正在喝水，露出黑黄色的门牙，淡蓝色的长脸一边背着光，弓着背，垂着眼，白发飘飘。从侧面看去，就仿佛很谦卑的样子。每次泥朱凝视着祖母的形象，就感到自己的眼珠正在化为两个空洞，而当祖母说起"看见许多网眼"这类话时，他总要莫名其妙地激动好一阵子。

十五年来，祖母每天谈论的那个女人，究竟与他们的生活有一种什么样的扯不清的关系呢？祖母暗示过那女人的样子十分特别，在常人看来是十分恐怖的，可他就是感觉不到。他只觉得此事是模模糊糊的一团，又想从这模糊中弄个水落石出。

泥朱已经和祖母一起度过了多少个这一类的夜晚。回想起来，大同小异，有一点却是肯定的，这就是祖母每次都不睡。她有时点蜡烛，有时不点，不点的时候她就在黑暗中睁着眼。泥朱感到她的眼珠是酒红色的，而每当他感到那种酒红色，他自己的眼眶便化为更深的空洞，那洞一直透到后脑勺，成为一个对穿眼，就如一颗子弹从眼窝进去，从后脑勺穿出。于是他又更深切地体会到了"网眼"这个词的含义。

现在烛火燃得很大了，隔着烛光，泥朱看见一只柔润的、年轻女人的手搁在祖母的左肩上，泥朱差点惊叫起来。他偏了偏身子，却怎么也看不见躲在阴影里的女人,于是他一步跨过去想看个清楚。待他克服了眼花,用手往祖母背后探去,却发现除了风,什么也没有。当然,有一样东西,是一朵紫玫瑰,祖母的左肩上别着一朵紫玫瑰,幽幽地散发出暗香。

"你怎么抓得到她呢?"祖母在窗帘的阴影里说,她的整张脸都隐没在黑暗中,"你与她并非忘年之交,只不过是邂逅,虽则这种相遇是惊心动魄的。一般人就连这种邂逅的机会都没有。没有脚却又可以走路这个事实不是凡人的心理所能承受的,多少人和我谈及此事都因恐惧而冷汗淋漓。"

泥朱悻悻地回到座位上,想起了一件又一件的往事。

"山羊为什么总是将粪便拉在倒下的墓碑上呢?那边埋在土中的墓碑总是盛着雨水和山羊粪这两样东西,我一闭眼就历历在目。"他不由自主地说起来。

"你真是个诚实的孩子。"祖母抬起骨节分明的手,做了个奇怪的手势,"这便是那种邂逅发生的基因。一般人看不见那位女人,他们只是谈论,滔滔不绝地空泛地谈论,或以为自己看见了,做出深明底细的神气。"祖母说这些话时,柔软的厚嘴唇变得红艳艳的,在烛光里分外显目。泥朱有种预感,似乎一朵巨大的、火红的绢花正要从她口中飘出,那红光将她瘦长多褶的蓝脸映得分外生动。

"你看,她在那里。"祖母用手拨了拨窗帘,窗帘剧烈地抖动起来,泥朱又一次看见了祖母左肩上那只白皙柔润的手。"我点起蜡烛的时候,她便出现在外面的暗夜里。我认为她在这种场合总是穿白的长裙和石膏鞋,可以形成反衬嘛!石膏鞋是我想象中的产物,实在,我并没有看见过,我看见的也许是一团鱼网状的东西,但我愿意用石膏鞋来形容她脚上穿的。哈,她到了门口,让我过去和她谈谈。"

祖母站起身向门口走去。门开了一条缝，祖母将脸紧贴那条缝，口中"咿咿呀呀"地说着一种奇怪的语言，又像催眠又像叹息。她一个人说个不停，门外却没有任何人应和。泥朱听得昏昏欲睡，脑袋猛地一下磕在窗台上，又惊醒过来，眼前还是祖母的驼背，她还在说来说去的，语气十分热切，完全不像与泥朱谈话时的语气。受好奇心驱使，泥朱也起身走到门边。然而祖母十分警惕地将门一关，反过身来瞪了他一眼。

"这里没你的事，你离这种约会还为时早着呢！你还记得我们隔壁的阿四婆婆吗？那时我每天与她一起去池塘边，我们紧盯水中自己的倒影看，那种事我们持续了好多年啊。这种邂逅，对你来说已是一个沉重的负担。讲到我，我却早已习惯了定期的约会，这便是我的生活，我与这位女人是忘年交，我们即使不见面也每天谈心。因为我不满足，才提出与她约会，她慷慨地答应了。最近她搬到离我们家很近的一幢房子里了,这是我提出的请求,她马上答应了,她是十分慷慨的女人。你现在知道为什么这些天里我总点燃一支蜡烛了吧?这是我与她约定的信号。当我点燃蜡烛时,她也在她的窗前点燃蜡烛,她的房间正对着我的房间,我们隔得远远地、无声地交谈。"

"可是我不完全明白你的话。"

"呵,这不奇怪,你已经忘记了。你小的时候,我把你抱在手里,那时你还不会说话,我教你说那种话来着,当时阿四婆婆也在旁边看着的。"

"祖母,我真想干一点什么事,比如现在。"

"很好,我们这就开始。"她悄悄地走了过来,将手搭在泥朱的肩上,那种温暖又一次从她的掌心传到泥朱的躯体上,泥朱心脏的搏动再一次变得悠长缓慢。他们静静地待了两分钟。

"现在,请你将脑袋尽力向后转,将五指张开,再张开,就如从空中抓回什么东西一般。"泥朱照祖母的话去做，如此反复多次，只觉得眼冒金星，精疲力竭。

"你感到了什么吗？"

"我感到想要休息。"

"你应该将手掌朝着头部的正上方，指头尽力张开，这样你就会有那种感觉。"

泥朱没有再重复祖母所指示的动作，因为他蓦地发现祖母的脸上显出一种陌生愚昧的、他从未见过的表情。刹那间，他甚至觉得不是祖母在说话，而是祖母的魂附在一头大猩猩的身上了。他再一看，祖母的形象又复原了。与此同时，他还看见那只年轻女人的手搭在祖母肩上，而祖母的手则搭在自己肩上。他们仨就这样站着。泥朱看不见那女人，但感到她与祖母和自己在一起。他的躯体越来越温暖，心跳越来越悠长，最后，他那变成了空洞的双眼开始向外冒火星。

"将五指张开，向空中张开，就如抓什么东西一般。"祖母轻轻地说。

在最热烈的瞬间（约有一分钟），泥朱开始朝空中乱抓。然后体内的火焰渐渐小下去，直至全部熄灭，他的眼睛也恢复了常态。他看见了祖母的蓝脸，以及由鲜红转为淡红的嘴唇。渐渐地，那嘴唇也开始干枯皱缩，成了一般的老年人的嘴唇。

"她就是你与之谈话的人吗？"

"她？你看见了什么吗？"

"一只手。"

"那种事情根本不能算数。你怎么看得见她呢？你自己的幻觉罢了。即使是我自己，我与她生活在不远的地方，每天见面，我知道她有时手持树枝，有时又佩戴从路边采来的月季花，我们之间的谈话也比较默契，可谈到见面，——不，我并没有真正与她见过面。她的模样十分独特，但我们见面时的情景总是一个奇迹，我没法对你描述这个奇迹。总之，你就打消与她见面的念头好了。也不要相信你的眼睛所看见的蛛丝马迹。我知道,你总是看见一些异常美丽的东西,比如你提到的那只手。我说不上她是美丽还是丑陋,她给你的感觉无法确定,唯一可以肯定的是她有一副诱人的嗓子,我可以彻夜不眠地与她谈话,就因为她的嗓音。"

"啊,你小的时候,我把你抱在手上,她站在我身后,我知道她十分嫉妒,正死死地盯住你看。那是你们第一次邂逅。她告诉我,因为你的父母失踪了,她就产生了一种想法,认为她自己是你的母亲,她对你有种特殊的感情。"

"只要我双手用力抓,就会抓到一些东西吗?"

"你已经抓到了一些东西。细细地去感觉,就会感到一些小昆虫在你的掌心扑打,那些小东西,非常不同寻常。当然,一旦你张开手掌,它们全消失了,如果你想多体会一下抓到东西的快感,你最好握紧你的手,然后放到耳朵边去倾听。所有的小昆虫都是透明的,所以你看不见它们。你只要听，不要张开手掌去看，效果是非常好的。我们完全可以认为我们谈话的此刻，她就在窗外听。我刚才告诉你，她认为她自己是你的母亲，你小的时候我不忍心告诉你，因为她太妒忌了，她排斥一切人与你的联系，可以说是内心十分残忍，也可以说是十分专一，十分执着什么的。你跟我到外面走一走。"

泥朱跟随祖母走到外面，在黑暗中肩并肩地站了几分钟，他忽然觉得很无聊，很沮丧，便拉了祖母的手说道：

"还是回屋里的好，我什么都看不见，无所适从似的。"

他们又回到屋里。蜡烛已烧完了一半，火苗静静地竖着，是一个完全无风的夜晚。泥朱又感到昏昏欲睡，便将一只手臂放在桌边，将脑袋伏上去。蒙眬中感到了那只年轻女人的手，那手本是十分柔润的，触在脸上却很坚硬，有点像塑料制品。它停留在脸颊上,并不抚摸,所以让他感到很不舒服。蓦地,一种恐怖之情油然而生,他觉得他的脸,他的整个躯体也正在变成冰冷的塑料。脉搏越来越慢,简直快要停跳了。他睁开眼想看清面前的年轻女人,但面前并没有人,那只无形的手也没有死抓不放。

那种感觉并不适合于她,那种感觉是无穷无尽的,既没有开端,也没有结束,如窗外无边无际的暗夜。祖母谈到隔壁的阿四婆婆时,她的眼神里就有这种成分。

泥朱开始挣扎,因为这种感觉并不是容易承受的。

首先他企图站起身,以便神志完全的清醒。失败了之后他又开始发出叫声,他使尽了全身的力气,肺部"轰轰"地响,然而发出的声音是十分幼稚可笑的,就如婴儿微弱的啜泣。他叫了又叫,一次比一次沮丧。

他明白自己无法承受了,这可是始料未及的一件事。

"我说过她是十分特别的,你们的邂逅也是一个奇迹。这世上有多少不可思议的事啊。"泥朱忽然听到了祖母的声音,并且忽然就站起来了。那种感觉也消失了,他感到如释重负。抬眼一看,一支新的蜡烛已点上了。

"那个时候我把你抱在手上,她从后面死盯你的脸,奇迹就从那时发生。你什么都不明白,只是拍着小手嘻嘻地笑。我告诉过你,她是有占有欲的女人。一段时间她远离了你,做出完全忘记了的样子,你也长得天真活泼,可我知道邂逅是免不了的,这种事还会随年龄的增长而多起来。你愿意随我去树林里吗?我的意思是你坐着不动,用力呼吸,你就可以随我去树林里了。请注意:一、二、三,开始。"

泥朱开始与祖母一道做深呼吸。于晕晕乎乎中他看见祖母左肩上的那朵花正游离到空中,绕了一个圈子后便向他的前额撞过来,他用手一挡,禁不住"哎哟"了一声,随即又觉得很不好意思。定睛一看,那朵紫色的花正稳稳地别在祖母的左肩上呢。

祖母微闭着双目,还在做深呼吸,随着胸部的起伏,瘦脸又开始泛蓝,嘴唇则渐渐转为猩红。她招手叫泥朱坐在她面前,将她的手搭在泥朱肩上,泥朱又有了那种三位一体的感觉。而空中,竟然泛起新砍的树木的香味。

"你只要将一只耳朵随随便便地贴在一棵水杉的树皮上,你的听觉就可以朝下深入树的根部,在那里,黑色的根须在泥土中扭动。"

似乎是年轻女人那诱惑的声音,泥朱却看见祖母的嘴唇在动。动过之后,那嘴里果真在吐出一朵硕大的红花,像是木芙蓉,又像是人造的绢花。这时她全身绷紧,如箭上的弦。泥朱看见汗从她僵直的指头间渗了出来,而那些指头平时是粗糙而温暖的。泥朱感到无比的惊骇：原来在不眠的夜里，祖母正在进行着殊死的搏斗！这样一想，睡意顿消，目光炯炯地振奋起来，想要助祖母一臂之力。

然而祖母不耐烦地挥开他，面目近似于狰狞了。影子似的年轻女人仍然立在祖母背后，泥朱真真切切地感到了她的手穿过祖母捏着自己的肩膀。也许，祖母正受着那女人的折磨，也许祖母竟是与她——这个所谓的忘年交的朋友进行殊死的搏斗。

泥朱终于只能旁观，看着老迈的祖母的门牙破碎在口中，他的全身也变成了箭上的弦。

如无助的孤儿，他目光散乱，头颅涨得巨大。每一动弹，都感到肩上的那只手掐得更紧，差不多嵌进肉里面去了。

"哈，有多少人经历过这样的瞬间呢？当各种各样的树木的香味弥漫于空中时，人就会忘记自己的年龄。你觉得我的模样很可怕吗？"

泥朱和祖母是于黎明前手牵手消失在道路尽头

的，因为似乎有一个目击者叙说了这一情况，当时他俩与那人擦身而过，留下一股新锯开的樟木板的香味。他俩激烈地交谈着，根本没注意到黑暗中有一个人站在那里。

去菜地的路

我无法理解他所坚持的是一种什么样的生活方式，也不知道他企望别人怎样来理解他。所有我对他的看法与别人对他的看法全是明明白白的，可这明明白白的东西中又似乎有些谜没有解开。

我的表哥仁升又来我面前诉说了，唠唠叨叨地竟骂了一个晚上。我曾无数次告诫过他，不要与邻家的那些市侩搅在一起，没事干的时候坐在家里看些书，可他就是不听，不但不听，还有些对我的话嗤之以鼻的味道。

"我并没有天天与他们搅在一起，我只不过是一个月一次与他们搅在一起。你知道我很忙，每天都要去照顾菜土。你既然知道，你总不会连我这点小小的爱好都要剥夺了去吧？人人都有嗜好，不是吗？"他振振有词地说。

然而他并不快乐。每次从邻居那里回去,他总是万分沮丧,觉得后悔,觉得恶心,然后便跑到我家来,诉说邻居们的种种不是。按他的说法,那些人简直就是行尸走肉。我把这个意思说了出来,他似乎有点不安地在椅子上扭动了一阵,接着表情又呆板不变了。

"也许吧,但菜土是不可不去照顾的。我的脚越来越走不动了,尤其刚起床那一会儿,右脚就像出了毛病似的。"

他在离城二十多里处的一个荒坡上开了片菜土,种了些辣椒、莴笋、南瓜之类的蔬菜。每天天不亮他就肩着锄头去他的菜土,年复一年,从不间断。现在他已经有点老了,背也有点驼了,虽然竭力掩饰,想显得年轻,但他的形象总是给初识者一种滑稽的感觉。

我从未看见过他的菜土,也从未见过他将蔬菜运回家,我的关于他那片菜土的所有感性认识都来自他的描述。现在他就赤着脚,一只手撑着锄头站在我家门口。在他这种年纪打赤脚实在是不太相宜了。我注意到他的脚上沾了很多新鲜的红土,像是在炫耀似的。

"早上真不想起床呀,"他说,"到了我这种年纪,不是早该享福了吗?周围的人没有一个像我这样早起的,也没有人一年四季打赤脚,背一把锄头走二十多里,你找得出这样的人吗?"他说着说着就总是自负起来,脸上也放出点光彩。"前天早上我不太舒服,可能是赤脚在雨里走受了凉,我就想,干脆赖在床上睡一天算了。结果呢,一块地的辣椒全叫虫子吃光了。我这才知道什么叫偷懒。"

过了几天,一位邻家的小伙子来坐,说起仁升,言语间不无蔑视的味道:

"你的这位表哥是怎么回事,简直是个疯子。"他说,"他来找我下象棋,死缠蛮搅非要我让他的棋,让了一次又一次,还不行,大吵大闹,将口水吐到我的鞋子上，啊，真是下流极了！如果哪次输了，他就赌气回家，简直像个老小孩。他究竟是怎么回事啊？现在大家都知道了他的脾气，不和他下，可他非要下，赖着不走，我们怕伤了和气，只好敷衍他。可一下，他又老毛病复发。"

小伙子还告诉我，街坊邻居本该友好，但他喜欢高高在上，所以大家都对他印象不好。又说他高高在上的原因是因为他认为自己有块菜土，他就是这样说过。

"那又怎么样，我们大家都种了菜，不过是种在后院里，这有什么不同呢？这个人真是糊涂，现在他还没老，老起来怎么得了。打赤脚也没什么了不起的，我们也打赤脚，时间短一点罢了，有什么不同呢？"

一天，我正在写一封信，仁升来了。骂了一通邻居之后，他显得很茫然的样子，背着手在屋里走了一圈，说：

"我不在原地种菜了,现在的菜土离家有三十多里。"

看着他那被风吹得皮肤裂开的手脚,我立刻为他担心起来。我对他说,他已经不是一个青年了,做事要量力而行。再说原来的菜土就很好,为什么要换地方呢?要知道人人都在后院种菜,只有他一个跑到城外去,这已经与众不同了,能坚持下去就是件了不得的事了。

他耐着性子听我说完,忽然眨了眨眼,做出一个诡秘的笑容,问道:

"你怎么知道原来的菜土就很好?"

"不是你告诉我的吗?"

"那都是瞎吹,说说好玩的。"他心不在焉地盯着窗子说。"原来的菜土是不错,但地不肥,收成不高,所以我要换地方。现在的菜土开在荒原上,周围几十里没有人烟。我们不说这个了吧,这事说起来心烦。"

他肩着锄头回家了。看着他那辛苦的背影,你无论如何想不到这是一个与邻居斤斤计较,时常发生争执,喜欢逞强的人。

然而仁升闯祸了。星期二早上,我还在睡梦中就被侄儿叫醒了,他告诉我说,昨日仁升与一位叫富民的邻居下棋下输了,便朝富民脸上吐唾沫,富民冲上来给了他一个耳光,仁升气不过,便顺手偷了他家的一只古董烟灰缸。后来富民发现,与弟弟一起跑到仁升家搜出烟灰缸,还揍了仁升一顿,揍得十分厉害。今早他竟破天荒没起床,不知出事没有。

我立刻穿好衣服去仁升家。我到达时,他已经肩着锄头准备出发了。他穿着短衣短裤,身上伤痕累累,一边脸都黑了,那样子真可怕。

"你就不能歇一天吗?"我着急地说。

"那怎么行呢?我坐在家里度日如年,你还没看出来吗?你记一记看,我有多少年没有坐在家里过了？再说我也没有歇息的习惯。"

"你就不要与这些人下棋了，毫无益处。"

"你怎么知道毫无益处呢？"他又像上回那样诡秘地一笑，不过这一笑扯动了伤口，他的表情又变成龇牙咧嘴的怪相了。我真不忍心盯住他看。"这种事很难说的。"

不久就听邻居们说，仁升因为在郊外的某个地方东游西荡，巡逻的人员以为他要破坏森林，将他拘留了一夜。其实他并不是去郊外种菜，他背一把锄头只是用来蒙混众人的，他从来就没种过什么菜，难怪没有人看见他把菜运回家。要是他早些讲老实话，大家就会对他进行规劝，也不会闹到拘留的地步。邻居们还添油加醋说了些别的，有人甚至怀疑仁升是到野地里去和女人乱搞。

我也不能理解仁升的生活，他的年轻已经不小了，还是孤身一人，而且他从来不工作，他就靠很年轻的时候赚下的一笔钱勉强度日。他家里一贫如洗，只有一套炊具、一只木床、两把椅子、一个老式柜，柜里只有几件破衣服。他的生活就由每天去菜地，一月一次与邻居发生纠纷这两件事构成，这是我们大家都一目了然，见怪不怪了的。

我担心仁升会十分难堪，因为这毕竟是他生平第一次被关押，而邻居也会因此产生欺压他的念头，他真可怜。

晚上我去他家里安慰他，不料他像没事人一样，还反过来指责我懒懒散散，浪费生命。"满街都是行尸走肉，连看都不用看就知道，这世上没有一个活人。"他偏激地说，还有几分得意。

我本想问他关于菜土的事，但我把到了口边的话咽回去了，因为他根本就不需要我的劝告。我从来没有看见过世上有比他更为自负的人，而同时又如此地卑贱，这种事太离奇了。我记起当他与邻居发生纠纷后，他总是像老太婆一样唠唠叨叨，把一切错处推到别人身上，千方百计标榜自己。他在我面前说了又说,听得我头脑发胀也搞不清事情的始末,以及具体过程。因为他又爱东拉西扯,将那些旁枝末叶加以夸大,你就是费尽心机也很难摸清他的意图,等你刚刚搞清或自以为搞清了,他却又谈起另外的事来了,而他所谈的另外的事却是要否定我所认为的原来的意图。

又过了些日子,他有时两天回一次家了。他对我说,他的脚越来越不能胜任远行,右脚的脚背上甚至长出了一个肿块,越来越大。他发现他种菜的那片荒原上有个茅棚子,他就铺了些茅草在那里过夜了。"其实呢,那边也和这边差不多,都寂静得厉害。你知道,我去找他们下棋就因为这里太寂静了,我一直感到恐怖。最近我种的灯笼辣椒红得像火炬一样了。"

"你就不要谈蔬菜了。"

他一愣,半天没说话,不自在地东张西望,最后说:

"我又把这事忘了,我还以为你是我自己呢!话一说多了总会产生这种错觉。"

他的步子歪歪斜斜,衣裳越来越破烂,不知从什么时候起,他连那把装样子的锄头也不背了,就空着手走路。我想,他每天要走那么远,背不起那把锄头了。当然他仍然声称自己是去种菜,这种声称理直气壮。

最近他与邻居发生的这次争吵十分奇怪。仍然是为下棋的事,他不仅要悔棋,最后还把棋盘掀翻了。那位邻居愤怒已极,就抄起根铁棍来打他。就在这时,旁观的人看见了奇怪的一幕:本来他完全可以躲开,本来那邻居也许只是要吓一吓他,并不真要打伤他,可他硬是将脑袋迎了上去。所有的人都听见"嘭"地一响,立刻血流如注。那位邻居也吓了一大跳,立刻忘记了仇恨,与人们一道将他送至医院。

他在医院里躺了一星期。我去探望他,问他为

什么要用脑袋去迎那铁棍,他从绷带下面白了我一眼,回答说:

"有这事吗?我忘记了。"

出院后,他照旧去郊外,手里多了根拐杖。而一月之后,他又与那位打伤他的邻居下棋了,若无其事的样子。下棋时照样争吵,不过没有发生打斗,也许是邻居聪明了,也许是他聪明了吧。

"大家都在自家后院的阴沟边种菜,只有我一个人跑到荒地里去,"他得意洋洋地对我说,"而且越走越远了。看看我这双伤痕累累的脚,你能计算得出我跑了多远的路程吗?为什么你不能是我呢?如果你是我,我就可以与你大谈蔬菜的种植了,现在我只好和你谈谈走路的事。"

我们这条街上的居民最近都像统一了口径似的说,既然仁升在野地里搭了个茅棚,他最好就住在那里算了。因为他年纪渐渐大了,来回走五六十里路越来越困难了,万一倒在路上昏过去了,又没人发现，那可怎么得了。他们这样说的意思并不是要赶他走，他们纯粹是为他本人着想，为他本人好，要不他们才不会费心思去提这个建议呢。

我想邻居的话也不无道理，可是荒地里怎么能长期住呢？那地方潮湿，还有野兽，很不安全。于是我又想劝劝仁升，让他不要每天跑那么远，以他这个年纪，一星期跑一次就足够了嘛。

"光是考虑到你们大家的意见，我也非要每天跑不可。"他微笑着说。现在他已不太注意掩饰自己的老态了，我看见他有时回来晚了，走在路上一步一挪的。"这几年我也许是老了一点，可这并不妨碍我去那边，你们每个人都看见了的，一想到你们看见了，我便有了力气。我打算再也不在野地里过夜了。"

他开始将时间消耗在路上了，不论人们在一天中的什么时候看见他，他都在那条路上磨蹭，寒冬酷暑都不变。而且走得越来越慢，目不斜视，就像在欣赏自己的脚步似的。这时候，如果有人遇见他，与他打招呼,他就像聋子一样,头都不抬。

人们断定他是在矫情,于是有意地不再注意他。

然而他还住在这条街上,隔一段时间就出来找人下棋,与人争吵。

一次我在路上看见了他,我就跟在他后面走。他在前面磨磨蹭蹭,自言自语的,我听见他在说:

"……我真累死了呀,我的脚板都长满血泡了,为什么就没人看见,没人理解我呢?我每天走这么远的路,在我这个年纪,这不是一个很英勇的举动吗?谁能承受得了?虽然这是我个人的事,我也用不着别人来同情,可他们也不该用铁棍来打人啊!这不是野蛮是什么呢?我就应该遭受这样的命运吗?现在我偏不歇下来,我要每天在路上挨日子,挨一天算一天,让他们看了心烦。当然我并不是为了让他们看了心烦才在路上挨日子的,只不过是我这种方式有这种客观作用罢了。我之所以上路只是因为在家里待不住,度日如年……我不能让他们白打,可是打也打了,你有什么办法呢?我就要这样每天出来,搞得大家的神经不得安宁,我自己却因此有了短暂的安宁。对了,其实我出门时并没有想到别人,我只是为了寻求自身的安宁,最近我的睡眠好多了……我想起一件事来了,我那表弟是一个傻瓜,他做出聪明的样子,但骨子里却是一个傻瓜,这里的人都如此,他正是那种傻瓜典型,我只是不当他的面说罢了。完全有可能,我会死在路上。现在我每天都费尽了我全身的气力在挣扎着向前走,我真是命苦啊,走呀走的,风里雨里。别人呢,都待在家里,坐在干净的地方,吃好东西。再说路边上又没有一张凳,就算有凳子呢,我也没法坐下来呀。我早上一睁开眼睛就想,这世界上再也找不出比我生活得更单调乏味的人了,别人简直无法想象我的生活乏味到了什么程度,比关在牢里的囚犯还要乏味……"

走着走着,他就摔倒了,于是坐在地上揉腿,

去菜地的路

我从他面前走过他也看不见。

他称我为傻瓜我并不生气,更多的倒是怜悯和害怕。说实在的,我无法理解他所坚持的是一种什么样的生活方式,也不知道他企望别人怎样来理解他。所有我对他的看法与别人对他的看法全是明明白白的,可这明明白白的东西中又似乎有些谜没有解开。以我们大家的性格,对待这类谜的态度便是绕过它们。我们绕过去了,并很快忘记了,只有他死死地守在那里,因为自负,也因为某种说不清的恐惧。年复一年,他就这样与我们对峙着。

我现在已经不太愿意看见他了,看见他我便觉得很窘,觉得失去了生活的信心似的。这个瘦骨伶仃的汉子,我的血亲表哥,就像不散的阴魂一样令人不安。

我躲避起他来。接连两次他来拜访,我都躲在里屋不敢出来。于是他不来我家了,我也大大地松了口气。

然而邻居们没有我这种感觉，他们照样接纳他——在他上门的时候。他们也照样指责他，怨恨他，但没人像我这样害怕他。邻居们只会怕老虎，怕地震，绝不会去怕仁升。

　　我的侄儿又来告诉我一个新闻：仁升不回家了。是的，仁升不回家了，但他也没有出走。如今他的全部时间都在路途上度过了，他的生活变成了两点一线：从他家门口的马路到郊外的某个地方。他凌晨出发，深夜归来，就睡在别人的屋檐下。他的身上越来越脏，并散发出一股浓浓的臭味，所有的人见了都远远避开，大概是觉察到了什么。一个月过去，他也不再去找人下棋了。他仍然不停地自言自语地诉苦，这种自言自语是如此刺耳，有时竟在夜里惊醒了屋内的人，于是里面的人开了窗，朝着睡在屋檐下的仁升痛骂一顿。

　　我最后一次见到仁升是在寒冷的三月，冬天刚过去的时候。

去菜地的路

他挂着一根棍子站在门外,我们已经好久不见面了,双方都有点不自然的样子。

这一年来,他的变化是惊人的。他穿着破棉衣,整个人就像烂布棉花裹着的焦炭一样。可他愣了一刻之后,居然"嘿嘿"地干笑起来,很瞧不起我的样子。

"我决定不再回来了,我要改变路线了。你知道的,我在此地已有十年,来来回回的,最近我终于失去兴趣了,我是来告别的。我本想不告别算了,后来又想,你是守规矩的人。"

"你要去什么地方呢?"

"我?你这不是明知故问吗?我还能去什么地方呢?当然是那里。"

我不知道他说的"那里"是哪里,但我也不好再问他。这世上总有那么些谜吧。我跑进屋内找出条围巾送给了他,他头也不回地走了,北风在他背后卷起一股黑灰。

断垣残壁里的风景

我和他怀着对断垣残壁的共同兴趣,仓促地奔来此地,仅靠一个老女人维系着与外界一丝半缕的联系。如今那种联系是越来越显得渺茫而不可企及了。

"在这些断垣残壁里面,你到处看见你喜爱的风景,就是闭起眼睛也如此。"他泛泛地用手指朝周围画了一个圈向我示意,"比如说这道墙,我们并不知道它是何年何月倒塌的,我们也不关心这一点,但从这条裂缝里,我们会发现水藻,正是水藻。"

他将自己的一只招风耳贴向那条裂缝,他这个动作丝毫引不起我的注意,因为他每天都要重复多次。

"啵,啵,啵……"他说,"水泡。这种沼泽地是十分特殊的,柔软而富有弹性,人可以在上面来来往往，不会下陷。水藻就长在那边的水洼里，真是茂密啊！我看见你在冷笑，这说明你也看见了，我们俩的视力差不多。听，啵，啵，啵……你总不会否认这种水泡的响声是独一无二的吧？你站起来了，想些什么呢？你觉得她会来吗？"

"当然会。看这太阳，是一天比一天老了，我的衣服也穿得太单薄了，万一夜里落霜的话，真不知是怎么一番情景，我还从未经历过这种事。"

我将目光转向远方的太阳。自从我们来到这块地方之后，太阳就变成了一个冷峻的、象征性的圆球。表面看起来，那光芒依然是灿烂夺目的，但我们沐浴于其中并不感到丝毫的温暖。我们只好靠多穿衣服来保持身上的热量。夜里，我们不能随便将身体的部位暴露在外面，因为随时有冻伤的危险，我们从家里带来的手套和面具就是夜里防寒用的。我计算着日子，一个夏天就这样挨过去了，据说冬天也是可以挨过去的。据谁说呢？这无关紧要。

他总是那样兴奋，谈起各式的风景，虽然他所看见的我都看得见，但说得太多，日复一日、月复一月地说这些单调的话题，有时也使我感到厌烦，禁不住要异想天开地问他："请谈点别的好吗？"我这样问过他两次。当我问他的时候，他垂下头去装作没听见，好长时间不说话，于是我明白了。

现在对于我来说，那些水藻和沼泽只是一些浮来浮去的风景。它们曾以其亮丽的、变幻的色彩征服过我的心，但这毕竟是很久以前的事了。目前首要的问题是寒冷，我带来的所有的衣服都穿上了，而冬天还没到呢。

他不去思考这个问题，他也听说了冬天是可以挨过去的，似乎坚信不疑。我对于他将这个重大问题置之度外的轻率态度有点怨恨，有时我故意说自己的脚趾已经冻伤了。

"而冬天还没到呢！"他吃惊地说，说完立刻又忘记了似的，真不知他的自信从何而来。

大部分时候,我都在凝视着太阳,因为这里每天都出太阳,只要抬起头,就可以看见那耀眼的一团。

想当初,我和他怀着共同的对断垣残壁的兴趣来到这里,我们早上到来,夜里归去,日子一长,两人都觉得烦琐,于是干脆夜里也守在此地了,似乎这一来就觉得很放心似的。他始终如初来时一样,日以继夜地将他那招风耳紧贴墙上的道道裂缝,口中念念有词。每当我听见他的声音时,我就看见了他所描述的风景,于是我也间或说些闲话,我的话题往往总是一个,在用词方面干巴巴的,比他枯燥得多,很少用形容词什么的。

在无聊之中,我们谈到了"她"。她是我们所认识的最为懒惰的一位老女人,我们从小就认识她,但从未与她讲过话。她白天总在屋里睡,有时一连十几个小时那屋里都没有动静。她偶尔出门也从不拿正眼看人,就像闭眼行路似的。也许她觉得撑开眼皮看人太费力吧，至少我是这样认为的。一次，为了试验一下，也为了赌气，我朝她迎面走去，想看看她是否与我相撞，结果她稳稳当当地拐开了，眼皮还是没有抬起来。

我们是在决定夜里不回家之后谈起她来的。两人都无端地觉得她一定会从此地路过，而我们的生活目标，或许就是等着看她路过。谈到她时，我提出一个问题："你认为她与太阳，哪个更老一些？"他说当然是太阳更老，但我坚持说更老的是她，为此又争执了很久。我的根据是：太阳的生日是大致可考证的，但她，我以前询问过无数的人，没人能证实她的生日是哪一天，哪怕是我们当中最老的人的爷爷，也说不清她的生日是哪天。

后来他也同意了我的意见，说道："所以她是一定要从此地经过的，而且这几天水藻也开始枯萎了一点。冬天会到吗？冬天会是个什么样的情景呢？到现在为止，沼泽地里并不曾有过明显的变化。苔藓真是奇怪，总在密密麻麻地罗织着，我的幻觉总被它们塞得满满的，偶尔想一想，就要掉泪似的。"

我不记得我是怎么与他这种人搅到一起的了。在家的时候我们俩都爱炫耀。夏天里，他将全身涂成深绿色，像鱼一样悄无声息地行动；我则爱将全身涂黑，找一个不为人注意的角落站住不动。我们以各自的方式来挨过漫长的炎热。所有的人都知道我们的怪癖，将这称为"炫耀"。或许时间长了，我俩就臭味相投了。他往往像鱼一样游到我面前，然后开口说道："有一类蚊子是非常多情的，沼泽地里的千年肥水养育了它们。"我们于是开始了那种情深意切的交谈。

我们几乎是不顾一切地奔到这里来的。那一天特别长，远方的太阳长久不落，显得又新鲜又伤感，无云的晴空里滚动着车轮声。在我们面前，一道断墙里发出开水沸腾的响声，还有缕缕热气冒出来。当时他就决断地将这称之为"水泡"，于是我也对他的声称坚信不疑。那一天,就在终于快落下的夕阳的光芒中,他信誓旦旦地告诉我,总有一天,他要"穿墙而过",像一道 X 光似的。他站在碎砖堆里反复地踹脚,挥手,说出那些话,像个人形木偶。

我和他都知道,我们之间的热情在一天一天地稀薄下去,现在我们很少注意对方,只是各顾各的事情。但我们都在等待那个转折的契机——那位从不正眼看我们的老女人。在寒冷的夜间我们采取值班的办法,轮流着睡觉,这样做倒有一个好处,那便是漫漫长夜变得短了许多。随着天气的变冷,我的担忧慢慢加深了。他却一点没感到我所担忧的,他一味生活在炎热的沼泽地里,说那些昏热的话。由于沉浸在忧虑的情绪中,我变得谨小慎微起来。有时天上掠过鹰的影子,落在墙上,我心惊肉跳,几乎禁不住要发出尖叫。每天我都这样说:"万一今天夜里落霜呢?衣服的事怎么解决?"还有一句话是我每天要说的:"这太阳是一天比一天老了。"也许因为怨恨它的冷漠。

不论我胸中曾沸腾过何种热情，如今也一天一天地稀薄了。我们俩停留在此地，只因为一个小小的原因：缺乏瞻前顾后的技巧。我们奔来此地的行动太仓促了。现在我们却说要等那位老女人，明眼人一看就知道是怎么回事吧。我和他以前总是仓促行事，人们称为"鬼迷心窍"。就比如这次来此地，当时他只是含糊地说了句"到异地去逛一逛"，我便冲动起来，风风火火地与他跑到了此地。如果说是热情使我在此地流连，那未免过于夸张了。我说过热情是一天天稀薄了，因为一切引起冲动的对象均已不复存在。

最近，由于过于长久地凝视那耀眼的圆球，我感到自己的眼珠在逐渐坚硬起来，为方便计，我干脆把自己当成石膏模型了。现在我的一举一动都很僵硬、缓慢，而且很久都不曾弯过腰，转动过脖子和眼珠了。他注视着我的变化，笑了笑，继续他自己的游戏。他越来越怪异了,一次,他竟将自己的头塞进墙上的一道裂口,拔也拔不出,只好就插在那墙边,像一口弯钉。后来我用猛力将他拔出,弄得他满脸都是血。他笑嘻嘻地指着脸上的血迹说:"暂时变不成X射线,变成一个气球也很不错。我在那里头的时候,美丽的苍蝇一直在耳边嗡嗡,苍蝇的翅膀就如彩虹一样。实际上,我们已经很久没见到真的彩虹了,永远是这一成不变的烈日晴空,未免令人扫兴。不管你信不信,苍蝇的翅膀在那一瞬间远比我们从前见到的彩虹眩目。而细小的黑蚊,则是以它们的叫声使我落泪。像我这样一个人,已经活了好多年了,还是止不住往墙里头钻的冲动,你可以想见那种诱惑。"

有一天,因为冷,也因为害怕,我向他提议,我们齐心合力来叫喊一番,那样的话,我们的声音也许会传到外界,使我们这里的境况有点什么小小的变化。当我们要叫的时候,我们才发现自己已经忘记了应该如何叫喊,我们的声音浮泛而没有力度,根本无法传到外界。这样做的结果只是使我们更害怕,更寒冷。于是我们放弃了尝试。"我们不要特意去努力尝试了,"他说,"请看这面墙,里面的幽深小径就像蛛网一样密布,多少年来,我就知道这件事。还有一件事就是我们一定要假装在这里等'她',这样就有了滞留的理由了。一切尝试都还要进行下去,但那只是泛泛地叫几声而已,并不是十分认真的。为提醒你起见,我再问你一声:你还等她吗?"

"当然,要不然我在这里干什么呢?仅仅为了与这个衰老而刺目的东西终日对视吗?以后也许不会再有人经过此地了。"

"我愿意这样想:有一天,来了一些人,这堵墙和这些碎砖就在他们面前,但他们视而不见,说说笑笑地过去了。我这样想的时候,颇有种自负的味道。我需要这样想。"

"我们仓促地奔往此地时,有一个人注意到了。"

"正是这样,那个人无时不在注意我们的一举一动,所以我们三人一定会在此地相遇的。"

"你认为我们挨得过冬天吗?"

"据说没问题。再说这里并没有明显的季节变化。我看大的起伏不会有,和刚来时相比,只是稍稍冷了一点而已,从太阳的角度来看则毫无变化。我告诉你一个秘密,在我那片沼泽地里,季节是随我的设想变化的。"

我提出要给老女人路过此地规定一个日期,因为"遥遥无期"这几个字总给人一种不吉利的感觉。我将日期定为一个月,他看着我,神思郁闷地点了点头。他现在已经不是我记得的那个将全身涂成深绿的人了。他的胡子长得老长,衣裳破烂不堪。我向他提起往身上涂颜料的往事,他笑了笑,分明早已不把那事放在心上了。

"等不到一个月,你就会忘了你的规定。"他闷声闷气地说，"她太懒，现在可能根本不出门了。她来此地是一个大而又大的决定。我觉得她不一定自己来，而是打发一个什么小孩来，那小孩也许跑得极快，又善于随机应变，谁也无法预料他的举动。"

虽然我们每天深夜都蒙上面罩，但每次我们蒙面相对时仍然心悸不已。周围太寂静，太冷了，以致我们相互产生了那种幻觉，似乎对方隐藏着杀机。这种情形每夜都要持续十几分钟。当这种情形持续时，我和他都在寂静中心惊肉跳。我们俩的眼前便出现"遥遥无期"的风景，那风景是无法描述的，模糊不清而又变幻莫测，似乎有一只黑兔在穿墙而过。

一个月的时间快到了，他已经将我的规定忘得干干净净，而我还在每天记下日期。我们俩都清楚。这是一回事。于是我又提出重新规定日期的事，我要将日期规定为一年。

"好。"他干脆地同意了。"我想那小孩也许快来了。她一觉睡醒，便突发奇想地打发一个小孩来我们这里，这种事的可能性很大。"

最近一段时候，我们看见的风景变得比较单调了，总是黄色的沙滩向远方的落日延伸这同一幅画面，有时沙滩变成河流，偶尔在上空掠过一只鹰或雁什么的，投下一道阴影。他还是将头钻进墙壁，但很少说起"水泡"这类词了。现在他总是抱怨头晕，因为体内空空落落的，所以举手投足全没个定准了，随时可能摔个大跟头。他说：

"我在墙壁里面时也如此，我在那些蛛网般的小径上不停地摔跟头，一停下来，就看见一个人拿着大注射针往我背上扎，说要把我内部的液体抽光。扎针时疼倒不怎么疼，就是过后晕眩得厉害。"

"一切都会有所安排的。"我像石膏模型那样做了一个手势，"看那太阳，不是越来越显示出一种从容的风度吗？我猜她的睡眠时间是越来越长了，她很可能会在沉睡中对一切做出安排，这不是她的性格吗？我们只要照常坚持我们的习惯日程就行了。比如你说到头晕的毛病，你要让自己习惯在头晕中过下去，此外别无他法。等你习惯了的那一天，水藻又会长满你的头颅，你的口中又会不由自主地发出'啵、啵、啵……'的响声。我这石膏般的心，有时也会为天边那东西衰老而从容的风度所打动呢。我预计我们终将习惯。"

不记得从哪一天起，我们夜里不再值班了。我们像大石头一样蹲在墙根一动不动，在黑暗中瞪着眼，忘记了时间的漫长，也忘记了寒冷给肉体带来的痛苦。我们整夜都像这样清醒而沉默。

时间过得更快了，我们从不曾有片刻停下来想一想它是怎样过去的，实在，我们没注意到。他还是时常头晕，但看上去分明是沉静得多了。关于那小孩、那老女人的话题仍然在我们的言谈中出现，我们双方都知道那是什么意思。我开始编造一些极其乏味的"故事"讲给他听。我说起某一年的秋天，

断垣残壁里的风景

我在山坡上种了一大片青菜，青菜长势喜人。我说起这件事不为别的，只为了要从自己口中吐出"秋天""青菜"这类字眼，这类字眼给我干枯的体内注入生机。不过我说过也就完了，并不感到那种长时间的激动。另一次我又讲起屋门口有一个积雨形成的大水洼，我从远处搬来大石头放在水洼里，现在那些石头还在不在呢？所有过去的事都几乎忘光了，唯有这些乏味的、胡诌的"故事"倒能记住。他听着我的述说，眼珠子转动不休，不时往我的句子中插进一些无关紧要的形容词，他这样做起来得心应手，就好像一个熟练工似的。

"一个星期天的晚上，"我这样信口开河，"外面下着大雨，我坐在书桌旁，信手拿过一支笔，画了一棵冬青树。"

"是瓢泼大雨吧？"他说。

然后我点了点头。

"三年以前的今天，白天短而又短，我们还没来得及吃中饭就天黑了。"我又说,"不过当时我没体会到,直到今天我才知道这与太阳有关。"

"这就叫光阴似箭啊!"他用浮泛的语气感叹道,"从前他们都说我长得像蜻蜓,我一得意起来就不停地在人们头上盘旋!我的身体那么轻,连我自己都不相信啊。我似乎在回忆,但这是不是从前有过的事呢?我对你说实话吧,这是我临时想起的一些比喻,现在我的生活就像一个比喻套着一个比喻,或者说一个比喻在另一个比喻之中,这另一个比喻又隐藏在一个更大的比喻中间。至于说到我在前面加了'从前'两个字,那只是种习惯罢了。"

一天中午,我们发明了一种游戏,就是绕着断墙跑。我们跑了又跑,破烂的衣裳飞扬起来,乱蓬蓬的头发也飞扬起来,就像两个鬼。我们看见对方如鬼的面貌,尖叫着,跑得更快了。后来他告诉我,就在我们跑的时候,他看见那个小孩过去了,那个孩子手提一个小篮子,在那边墙洞里探了一下头就拐上了另一条小路。

"我们最好不要在跑的时候相互注视,这很危险。"他说,"只要不停地跑就好了。当我看着你的一瞬间,我有种冷透骨髓的感觉,除此之外还怕得不行。我明明知道你是本地人,我在心里反复强调这一点,可就是没有用,我感到大难临头。我想你也有同感,我们不要在跑的时候相互对视了。"

我答应了,但我还是忍不住在跑的时候偷偷打量他,那种诱惑太强烈了。有一次我这样做时,发现他脸上透出残忍的表情,就如一只吸血的黑蝙蝠,在身后紧追我,我还感到自己的脖子上被啄了一下,全身都麻木了,冷汗一下子冒了出来。他的话是有道理的,但我抵御不了那种诱惑。

跑完之后我们站在原地喘气,两人都垂着头。我抬头看了一下,忽然又看到了多年前的那个太阳,原来太阳并没有老,它总是那样从容不迫。我把我的想法告诉他,语气无比沮丧。

鱼人

"首先完蛋的总是我们，永远这样。你还没想通吗？不过只要我们不离开此地，慢慢地就会变成石头，像你放在水洼里的那些石头一样。你的这个故事真是无比优美啊。你来到此地之后就编出这样的故事来了，这仿佛是注定了的。你的风景是不同的，另外一种风景，那就像一些影子。但有的时候，它们也和我的那些风景重叠，有时又离得远远地窥视着，我只要注视它们，头就晕起来。"

我无时无刻不在为这样一个问题所烦扰：我们的声音传得到外界吗？

我终于大声说了出来："有人吗?!"

野地里静悄悄，冷漠的阳光洒在我们身上。在远方，是那永恒的球体的所在，我的声音像螺旋桨一样在原地转动，一会儿就消失了。

我看见他正在钻墙，他的脑袋又扁又尖，灵活无比。我听见从幽深的小径里传来模糊的声浪，一波又一波，起伏不定。

断垣残壁里的风景

　　我和他怀着对断垣残壁的共同兴趣，仓促地奔来此地，仅靠一个老女人维系着与外界一丝半缕的联系。如今那种联系是越来越显得渺茫而不可企及了。我和他还是谈论关于老女人的事，因为她是唯一的线索。我和他死死地抓住线索的这一头，缠绕在手上，但那一头每每断落坠地。我们永远无法知道线索那一头的实在情形，但我们俩都懂得这件事。

掩埋

我想,这世上没有意义的事多得很,叔叔既然入了魔,他必定会将他要做的事做到底,谁也干涉不了他。再说谁又能判定什么事有意义、什么事无意义呢?

我的叔叔七十三岁了,住得离我不远。他是个瘦高个,满头银发,看上去精神还很好。他的眼睛是很有神的,只是注意力有点不集中。叔叔不喜欢与人打交道,见了我总是躲躲闪闪的,经常以为我没看见他,一溜就溜掉了,不论在家里还是在马路上都是这样。看见一个满头白发的人有这样的举动,我总觉得有点滑稽,可又不好戳穿他,时间一长却又见怪不怪了。

叔叔并不是一直这样乖张,我记得我七八岁的时候,他还让我坐在他肩膀上"骑高马"呢!岁月无情,谁也不知道什么原因使他变成了这样。我听婶婶说,近几年来,叔叔发展出一种业余爱好,就是总把家中的一些小物件拿出去送人。到底送给了什么人呢?大家都猜不出。叔叔的社交本来就很窄,到了老年更是根本不与人来往了,可是这种事也很难说,因为说不定他在什么地方还有个秘密的朋友。人活到七十三岁,总有些什么秘密的吧。

要说他从家里拿走的东西,一般也不是什么特别值钱的东西,比如说一个茶杯啦、一盏台灯啦、一支钢笔啦、一个手电筒啦、一本历史书啦、一双羊皮皮鞋啦等等,这些东西都有一个共同的特点,就是年代悠久。叔叔的这种"瘾"每隔一段时间发作一次,他将东西从家中拿出去时,总是显得神色郑重而不安,他飞快地将东西包好,放进一只草袋里就匆匆出门了,他认为谁也没有看见他(我的叔叔眼睛有点近视)。如果有人提起他拿东西的事,他就大发脾气,赌咒发誓,坚决予以否认。因为并没有什么大的妨碍，婶婶也就懒得过问此事了。直到有一天，她的孙子告诉她，说爷爷提着那个草袋在郊外的坟山里转悠，她才开始真正担心起来。婶婶想，既然他是去坟山，而不是去朋友家，是不是中了邪呢？莫非某个幽灵要他的这些东西？她是有点迷信的女人，她很想搞清这事，但又不敢问叔叔，她知道他的脾气。

矛盾终于爆发了，我到婶婶家时，叔叔已经出走了。婶婶向我哭诉，告诉我家里发生的事。原来两天前，叔叔竟然昏了头，将他自己手上戴的金表也送走了。这只表是花了一千多元买的，他才戴了不到两年。婶婶追问时，开始他还想含糊过去，可后来实在躲不过去了，他就大吼一声："丢了！"这句话如同一个炸雷，炸得婶婶几乎失去了知觉，好半天才恢复过来，然后就开始了长达一天一夜的埋怨。叔叔铁青着脸，平时梳得整整齐齐的白发也变得十分凌乱，眼里闪着阴沉的光，他始终一声不响。

第二天一清早他就出走了,只带了几件换洗衣服和很少的钱。

"他能上哪儿去呢?"婶婶痴痴呆呆地看着我问道。

是啊,我绞尽脑汁也想不出他有什么地方可去,他那个秘密的朋友到底在什么地方呢?如果没有朋友,他到哪里去了呢?婶婶大大地后悔自己没认识到事情的严重性,她应该早就尾随叔叔,看看他到底搞些什么活动,她一直没这样做是因为自身的惰性。现在他出走了,一个七十三岁的老头,身体并不是很好,又没带多少钱,流落在外头什么事不会发生啊?婶婶越想越怕,坐在那里又哭个不停了。最后我们商量来商量去,想起了小孙子,觉得只有他的话算是一种线索。我们等到小孙子放学回来,就问他是在什么地点看见爷爷的。

"六道口。"他说,"当时我们学校在那一带郊游,爷爷的样子慌慌张张的,一看见我们就往树林里一拐，很快就不见了。那种地方只有死人和坟墓，他去那里干什么呢？"

我决定去六道口看看，说不定可以搞清楚他的事。虽然这些年来，我这位叔叔无缘无故地与所有的人都疏远了，可我总记得小时候坐在他肩上"骑高马"的情形。那时他既灵巧动作又轻捷，给人以无比安全的感觉。所以现在即使他不理我，我还是牵挂着他，并不完全是为了婶婶。因为相比之下，我以前倒更喜欢叔叔，他不理人总有他的隐衷吧。

那个休假日，我坐上公共汽车去了六道口。坟地在小树林后面，密密的树林子里几乎没有路，我在乱枝间钻了好久才钻出那片林子。一出林子，眼前豁然开朗，一望无际的平地上竖着数不清的墓碑，各式各样的坟墓一个挨着一个，在这阴沉沉的天底下沉默着。我来干什么呢？我也不知道。我在茔地里穿来穿去，的确找到了一个新挖的泥坑，可那坑里什么也没有。这个地方，无处可以遮风蔽雨，我那叔叔当然不会长久地逗留在这里。

不知怎么，我在回去的路上有种预感，我觉得叔叔已经回到了家里。那片坟地，那些墓碑，新近挖开的泥坑，泥土的气味……我的思维像青蛙一样跳跃。

还没到他家就听见了婶婶的笑声。叔叔垂着头坐在房里，脚边放着一大包东西，包裹皮上还沾着新鲜泥土。婶婶正弯着腰翻看那些东西，口里唠唠叨叨地说个不停。那些东西正是这些年里叔叔从家里拿出去的，全都面目全非，坏掉了。叔叔的表情很厌倦，望都不望一眼。

"他把金表遗失了，"婶婶说，"他把它胡乱地扔到这包东西里面，可能在路上滑出去了。他这个人，一贯粗心大意。"

婶婶的样子很高兴，她不再心疼那只金表了。她认为，既然叔叔将拿出去的东西都拿回来了，这就是说，他那种奇特的爱好已经消失了，虽然失去一只金表,可是人却好好地回来了,这比什么都重要,所以她特别开心。

叔叔的爱好确实是消失了,他再也不从家里拿什么东西出去,但他的情形却不容乐观。表面上,他还和原来一样,实际上内心却越来越不近情理了。

我到他家里去的时候,他再也没和我打过招呼,他好像完全不认得我了,在我面前走来走去,只和婶婶说话。他不光对我这样,对他自己的儿子、儿媳、甚至小孙子都是这样。有一天我去他家,我站在门外,听见他在里面说:

"那小子干吗盯住我不放呢?你说他去坟地找过我,那只是为了满足他那种卑劣的好奇心,那家伙从小就这样,我算看透了他。"

我推门进去,叔叔显得很难堪,低下头什么也不说了。婶婶回过神来,拉我坐下,问长问短的。这时他们的儿子回来了,他是一个大大咧咧的汉子,说话随便。他凑在我耳边说:

"爸爸说你捡走了他的金表，你真倒霉，嘻嘻！"

我的脸涨成了猪肝色，霍地站起来就要离开，被婶婶死死地拖住。

"不要相信他的话嘛，谁会信他？一个疯疯癫癫的怪老头。"她说。

不久，叔叔就把他儿子一家人撵出去了。婶婶哭哭啼啼，儿媳站在门口赌咒发誓，说他们永远不进这个家门了。叔叔冲了出来，一只脚上的拖鞋都掉了，指着儿子儿媳的鼻子破口大骂，还说出"家贼难防"这样难听的话来，他那种样子就像个老无赖。

然而令人想不通的是，叔叔一点也不在乎他的财产。他随随便便地将婶婶为他买的皮大衣扔进澡盆，弄得污浊不堪。他还将录音机放在厕所的地上，说是听音乐，后来又忘记了，打开水龙头，让自来水冲在录音机上，结果那台录音机报废了。他对婶婶说自己以前蠢得要死，将一些东西看得那么重要，日日背包袱。

当我到他家去时,他就装模作样地来与我握手,好像我是初次见面的客人。

婶婶迅速地苍老了,眼里的神情空空洞洞,记性也越来越差。家里的摆设有些凌乱,上面落满了灰尘,凄凉的晚景已经显了出来,她似乎是认命了。她对我说,要是那一回让叔叔拿走金表,不和他争吵,现在一定要好得多。她这个人,往往事后聪明。对生活的前景从不做任何规划,怎么斗得过像叔叔这样深奥的人呢?说到这里,她觉得漏了嘴,赶紧补充说,她可不是要与叔叔斗,从未有过那种想法,她只是要保护他。

"你说他挖了一个坑?"她忽然问我,眼里闪出奇异的光芒。

不等我回答,她又说:

"你想想看,这么多年了,将自己用过的东西一件一件掩埋,需要多大的勇气!我倒宁愿他是那种样子，那才可以理解。现在这算怎么回事？将东西全挖出来扔在家里，什么都不管不顾，翻脸不认人，还一味胡闹，像个老怪物。一个人活在世上，怎么能这样？你说说看看。"

她的神气苦恼已极，她面临极大的难题，可是我安慰不了她，只能沉默。

"你好啊，青年团员！"叔叔走过来对我说，他那一头乱糟糟的白发竖立着，有点奇特。

最近他总是叫我青年团员，我告诉他我已经四十岁了，他就惊奇地大呼小叫起来，说：

"真有这么快吗？真是光阴似箭啊！不久前你还光屁股呢。我可知道你本性难改，你到这里来瞄这瞄那的，是不是想搞点东西走呢？"

婶婶一脸凄苦的样子，巴不得他马上走开，他偏不走。反倒拖过一把椅子在我对面坐下了，说是要与我谈谈心。

"这个小伙子，"他拍拍我的肩膀说，"与我们做邻居也有十几年了吧?那个时候他光着屁股到处乱钻,时常遭到我的痛打……"

"他是你的侄儿。"婶婶冷冷地打断他,"别装模作样了。"

"你并没有打我,相反,你时常让我坐在你肩膀上'骑高马',我很喜欢你。"我轻蔑地看着他的眼睛。

"胡说八道!你们两个人什么时候变成一个人了?说出话来一模一样。你们在一起商量什么呢?说到底,你还不是想来这里搞点什么东西走!"他愤愤地站起来,走进里屋去了。

"看见了吧,他就是这个样,他使我没脸见人了!"婶婶又哭起来,一边哭一边还偷看叔叔在那边房里有些什么动静。

我对婶婶说,叔叔也许是精神分裂症,最好请医生给他看一看,说不定他还有老年痴呆症什么的,他的行为太不对头了,让人担心。我说这些话时,自己并不很自信，隐隐地怀疑自己是不是也有哪个环节出了毛病，为什么出毛病的就一定是叔叔呢？婶婶听了我的建议，立刻止了哭，脸色变得阴沉沉的。忽然，她看了我一眼，那眼光使得我全身颤抖起来。

"我走了。"我讪讪地站起来说。

婶婶板着一副脸，看也不看我。

她一定在心底里把我看作十足的小人了！我垂头丧气，心里打定主意不再踏入这块是非之地。是的，我必须将叔叔从我的心底里抹掉，我不想再扮演小丑了。这个时候我才想到，婶婶一直在夸张自己的情感，这类女人就爱这样，这样做使她满足，他们俩真是天生的一对活宝。

我还是经常在街上遇见叔叔，现在他一点都不躲闪了，看也不看你就直冲过去。有时我想，也可能是他的眼睛越发近视得厉害了吧。倒是婶婶，见了我总是躲开，我知道她对我怀恨在心。人就是这样，想做好事反而招人怨恨，倒不如一开始就冷冷冰冰，漠不相干。

有一天，我这位叔叔与他儿子打起来了。叔叔揪住儿子的胸口，儿子一推，将老头子推出老远，叔叔又冲上去要扇他耳光，儿子不愿伤害他，就撒开腿逃跑，叔叔在街上追出好远好远，白发在冷风中飘扬。最后他站住了，破口大骂，拳头捏得紧紧的，朝着儿子跑掉的方向扬了又扬，俨然一位老英雄。我听围观的人说，儿子只是做礼节性的拜访，要与父母保持联系，叔叔便不放他进去，大喊大叫，说家里来了贼。后来还是婶婶开的门，儿子才进了屋，叔叔又在家中指桑骂槐，寻衅闹事，儿子气不过，顶了他一句，他就操起一根棍子来打儿子，没想到打到了冲过来保护儿子的婶婶身上，这下三个人都气得发疯，结果就发生了刚才那一幕。在这场斗殴中，叔叔脸上受了轻伤，是他自己没站稳，撞到了桌子角上，额上起了个包，出了点血。而婶婶，挨了叔叔那一棍子,一条左腿跛了好多天。

就在我已经打定主意再也不管叔叔家的事之后,一次我去郊外办事,碰巧经过那片树林,我忽然看到叔叔在我的前方行走,他似乎摔了一跤,裤子上沾满了泥巴,他的头发乱蓬蓬的,一副老迈不堪的模样。他正走进树林,朝那片坟地走去。出于好奇我偷偷地尾随在他后面。

叔叔走走停停,似乎在沉思,又似乎拿不定主意,他在坟茔间绕来绕去,最后绕到了我看见过的那个坑那里。

我在林子边上看着他,只见他一锄一锄地挖下去,似乎是将原来的那个坑扩大。挖一阵,他又用箢箕将挖下的泥土装好,从坑里往外提,那是十分艰辛的工作。他的鞋陷在泥巴里面,手上好像也打起了泡,因为我看到他不断往手心里吐唾沫。劳动了一阵,他累了,从坑里爬上来,坐在一块大石头上面想心事。天上有乌鸦飞过,"哇——哇"地怪

叫。我的内心充满了怜悯,我走到叔叔身边去,将双手放在他肩膀上。他抖了一下,回过头来看见了我,脸上显出轻视的表情说道:

"啊,你总是不放过我。这个地方,离家并不远,可是你要少来,来了就回不了家了。嘿,我说错了,回不了家的是另外一个人,你说说看,这个坑的大小式样怎么样?还过得去吧?你心里一定在想,我还在装样子,装给自己看。我也知道这不好,也没什么用,可就是改不了老脾气。现在既然你偷看到了,我的好戏也就收场了。我们走吧。"

一路上叔叔都在抱怨婶婶,说就是她害得他一个人跑来这种地方,先前他可是待在家中不动的,现在他却变成了一只乌鸦。所有的事都早就埋下了根子,那个时候儿子刚出生不久,婶婶立刻托人买了一只金项圈套在儿子脖子上,他看着金项圈,越看越不顺眼。一天趁着抱儿子出去玩,他将那金项圈藏起,然后偷偷拿出来埋进这个坑里。那一次婶婶哭得眼睛成了两个蒜泡。从那以后他常来坟地看看,因为担心别人刨开坑,偷走项圈。后来他将坑里埋的东西全搬回了家,唯独项圈,他在路上卖给了当铺。这种事,不怨她怨谁呢?叔叔这番话并不是说给我听的,他只是在自言自语。

"因为你没别的人可埋怨了。"我提醒他。

"你少管闲事!要说这种话,你还早得很呢!"他生气了,"你怎么老跟着我?"

邻居们都说叔叔家已不像个家了,那里面肮脏不堪,东西乱扔,厨房里堆满了未洗的碗碟。叔叔还异想天开,在厨房里养了一群鸡,又不关好,到处乱屙屎。婶婶也是越来越不爱收拾,有时竟脸也不洗就出门,眼里布满了眼屎,和人说着话就用手去抠眼屎,完全变了个人。他们两人之间倒相处得还好,似乎并不怎么吵架。

有时候,我看到叔叔在往郊区去的路上行走,一边走一边想心事,我和他打招呼,他就说那句老话。

我心里就想,他的戏要演到什么时候为止呢?到底谁在演戏呢?

我又去过一次那坟地,看见叔叔的坑已挖得相当深了,这就是说,他一直在挖,他真是个劳苦命。我回家时叔叔的儿子把我拦住了,神情十分激昂,用手比比画画的:

"老无赖这是要我妈妈给他陪葬,你明白吗?妈妈早被他拖垮了,已经快死了!现在她连我的样子都记不清了,更不要说孙子。我在路上碰见她,我叫她妈妈,她摇摇头,一脸冷漠。这是怎么回事?还不是那老无赖把她弄成了这样吗?有一回我从厨房的窗口瞅见老无赖用一根笤帚抽那些鸡,鸡毛乱飞!我也去看过了那个坑,他挖得有一人深了,而且又加宽了,可能是想埋两个人。他没事就去挖,体力好得很,蹦上蹦下,还哼歌子。他的举动令人恶心!他是做给我们大家看的,他这样做究竟有什么意义啊？你说说看！"他瞪着我，一把抓住我的手臂直摇晃。

"是没有什么意义。"我不得不回答他。

我想，这世上没有意义的事多得很，叔叔既然入了魔，他必定会将他要做的事做到底，谁也干涉不了他。再说谁又能判定什么事有意义、什么事无意义呢？

婶婶的眼睛也越来越看不清了，明显地可以看出是长了白内障，可能是不讲卫生引起的，看她走路的样子，就知道这世界在她眼里已变得影影绰绰的了。

"婶婶，你好！"我说。

"你还住在这里呀？"她的口气似乎是责备我，我也不知道她是否认出了我。

叔叔挖坑的事大家都知道了，可能是他儿子讲出去的。大家都去坟地参观了那个坑，迷惑地叹着气。不久那坑里就积满了雨水，有人看见叔叔跳下去，站在齐颈深的雨水中，当时天很冷，他一直抖个不停。

"他在搞冷水浴呢，这个荒唐的老头子！"那人说道。

其结果是叔叔病了一个月，婶婶也不请医生，成天用一种草药煎水给他喝。听说喝了那种药，叔叔的尿都变成了绿色。

我去他们家里时，他们俩并排坐在床沿，一动不动，脸上的神情好像谁都认不出了。屋里的气味令人作呕，鸡们在厨房里乱扑乱飞。我尽量轻轻地走动，我的鞋子在木地板上发出轻微的摩擦声，可是这摩擦声惊动了他们俩，叔叔痉挛起来，婶婶跳起，用一柄扫帚来赶我，指着我大声骂：

"滚开！你在这里会要他的命！你没看见吗？你这个瞎了眼的！"

她的眼里布满了云翳，她肯定是看不清我了，只看见一个影子钻进了她家里。我注意到她鞋都没穿,可能是一下子找不到。

我匆匆溜出叔叔家,听见叔叔沙哑的声音从窗口传出,我站住了。

"又是小偷吧?不要紧的,别生他的气,这种情况免不了常有发生,我正在努力慢慢适应。有人以为我挖的那个坑是给自己的,他们上当了,我才不与那些人埋在一起呢,我要火葬,已经写在遗嘱上了。刚才那家伙真是瞎了眼,明明看见我们两个人坐在屋里,还要来偷,不知他脑子里想些什么。"

叔叔装作不知道我脑子里想些什么,实际上是我不知道他在想些什么,我拼命追,还是追不上他的思维。

鱼人

如果那个人,打个比方说,是个特别孤僻的人——我们渔场里就有这样的人,只和鱼说话,不和人打交道——从不与人来往,而这个人对你情有独钟,可是他不知道怎样表达自己内心的那点情感,于是你永远无法知道。

句了在天井里的自来水龙头下面洗衣服，初春的自来水冷彻骨髓，他的双手冻得通红，鼻子里流着清鼻涕。

"句了，来客人了！"蛾子从窗口探出头来喊道，还做了个鬼脸。

句了放下衣服，将双手在罩衣上擦干，往屋里走去。

卖火焙鱼的小贩灰元站在他的门口，正忸怩不安地四处张望。在他的身旁，放着装火焙鱼的大篮子，里面还有几小堆没卖完的火焙鱼，都堆在旧报纸上面。灰元看见句了，便尴尬地笑了一笑，垂下了眼睛。

"找我有事？"句了一边有些疑惑，又有些恼怒地问，一边将房门打开了，让灰元先进去。

灰元默默地坐下，手放在膝头上，眼睛看着身旁的大篮子出神。

句了也不打算开口，将冻红的双手插在裤袋里，不耐烦地看着灰元。

"我找您借钱。"灰元终于沙哑着嗓子说了出来，好像因为说了这话就傲慢起来，从上衣口袋里掏出烟，点燃了，自顾自地抽了起来。

句了觉察到灰元情绪的变化，自己反倒不好意思了，连忙为他倒了一杯茶，又将自己的纸烟递给他。句了也说不清自己为什么会对这个几乎天天见面的小贩感到畏怯，他不就是一个普通的小贩嘛，每天清晨赤着脚，背着捞鱼的大网从河边走上来，浑身都是鱼腥味，到了下午就出现在菜市场的一角，

鱼人

面前放着这个大篮子，里面装满了焙干的小鱼。多年来，句了与他的关系也就限于在街上遇见打个招呼。有时句了也去买他的火焙鱼。在称鱼的时候，句了总是不太习惯这个迟钝的家伙的眼神，他似乎并不看秤，一双眼睛尽盯着句了看，好像心里有很多问题要向句了提出来，又开不了这个口似的。每次他都这样。开始的时候，句了希望他主动讲出来，过了一段时间，句了就明白他什么都不会对自己讲，再后来句了就习惯了，将他看作一个有些古怪的街坊，买鱼的时候望都懒得朝他望了。就是这样一个人，现在忽然提出要向句了借钱，句了感到实在是岂有此理。首先，句了没有钱；其次，就是有也不会借给这个人，因为他们之间并没有交情，不过是一般熟人，远没到可以相互借钱的程度。句了想拒绝灰元，但是看到灰元垂着大而薄的眼皮一心一意在抽烟，他忽然觉得有一种怀疑从内心深处升了起来，于是忐忑不安了。

"借多少？"句了沉默了几分钟才问。

"不多，三千。"

"三千！你疯了！我已经退了休，一个孤老头，怎么一下子拿得出三千块钱，你来我这里之前也不好好想一想！再说凭什么？我们之间有什么交情？"句了愤怒地说。

"我们之间的事我早想过了，你好好想一想吧。"灰元一边说一边站了起来，提起脚边的大篮子就向外走。

他走到门边又回转身对句了说：

"我还要来的。"

句了晾衣服的时候一直在想着这件事，越想越愤怒，连寒冷都忘记了。他因为有心事而动作缓慢，在寒风里站了很久，进房后才发现自己的鼻子塞得紧紧的，已经伤风了。他连忙用暖瓶里的开水冲了两包感冒冲剂灌下去。他没想到自己已经到了这个年纪还要被人愚弄。但是那小贩又好像并不是愚弄句了,他的神情比较平淡,就像是深思熟虑。句了回想起他刚才赤着脚坐在桌边抽烟的傲慢样子,心中的愤怒又油然而生。

一生气,饭也懒得做了,就盛了一碗剩饭吃起来。正吃着,隔壁的蛾子进来了,晃荡着两根辫子,眼珠滴溜溜乱转。

"我妈说,刚才那人手脚有些不干净,你要是有钱的话可要藏好啊。"

她的神情一点也不像是为他担心,倒像是一种挑衅,想引出他的话头来似的。

句了不理她,埋了头吃饭,吃完了就到厨房去洗碗,将蛾子撇在房里。洗完碗回到房里,看见蛾子还站在房中,样子有些怅怅的。句了走过去,将一只手放在蛾子肩头,说道:

"蛾子,你一个小孩子家,为什么要关心我的事呢?灰元不过是这里的一个小贩,卖火焙鱼的,你们也完全没有必要这样关心他。当然,我也没想到他会到我家来，不过就是来了也不是什么特别稀奇的事啊。你想，他是我们的街坊，想到谁家就可以到谁家去的啊，有什么必要大惊小怪呢？"

他最后这句话倒像是说给自己听的，不由得有点惶惑，怕蛾子看出破绽来。

蛾子甩开他的手，跳到一边去，用嘲笑的口气说道：

"大惊小怪的不是我们，倒是你自己。我和妈妈早知道他是一个贼，只有你蒙在鼓里，还和他谈话，谈了话心里又七上八下的想不通。他为什么不上我们家里来，为什么偏偏选定了你，你想过没有？我妈妈说，他以后还要常来的，你就等着好了。"

句了发现蛾子虽然是在嘲弄他，可那脸上的表情却十分忧虑，心里边暗自惊叹这姑娘真不简单，他们做了这么些年邻居，他竟没看出来。在他的印象中，这姑娘有点阴郁，有点幼稚，所以刚才她从窗口探出头来告诉他来客人了，还做鬼脸，他是有点意外的，只是当时不曾多想。现在她又进来找他，一开口就说灰元的事，他就更意外了。他心里乱得很，一点也想不出蛾子的警告是什么意思，刚才那小贩的话又是什么意思，只觉得头脑发晕，伤风更见厉害了。这时蛾子的母亲在门外叫她，她连忙跑出去了。

蛾子的母亲在门外前嘀嘀咕咕地数落她，声音传到屋里，句了只听见了三个字"老光棍"。这当然是说他，他有些惭愧，还有些害怕，连忙"嘭"的一声将门关紧了。他倒了一大杯开水慢慢喝着，喝完就躺到床上去，将被子紧紧地裹住身子，想闷出一点汗来。

过了一个多小时，汗倒是出了一点，鼻腔里也舒畅了些。他索性躺在床上不动。隔了木板壁听见那母女俩还在叽叽咕咕地说什么，后来声音就小下去，消失了。门一响，那女儿出去了。老婆子却又在房里大声叹起气来，就像做给他看似的。这老婆子平时看去倒像一个清爽人,不喜欢拉拉扯扯的,所以句了除了和蛾子有些交道外,同她的关系一直冷冷淡淡的。不过也不能说她对他漠不关心,有时候,在顺便的情况下,她对他还有些照顾。她有个儿子,平时很少回来,一般总是她和女儿两人待在家。据句了的观察,这老婆子比他的年龄还要大得多,看样子已接近七十岁了。他和她常碰面,在走廊上,在洗衣服的公共水池边,老婆子对人的态度既不拘谨也不热乎,点点头打个招呼就算完。句了也很欣赏她这种态度,他想,一个人活到七十岁就应该是这种态度了。他万万没想到的是这老太婆对他竟是这样一种评价,过后一细想,真有点震惊啊。刚才灰元来借钱的时候,他是怎么变得犹犹豫豫起来的呢?本来明明是一件非常简单的事,只要拒绝他就完了,自己却愚蠢到去问他要借多少钱,并且因为数目大而生气,好像自己真的有钱借给他似的。对了,当时确实有种古怪的、强迫症似的情绪控制了他，在那一瞬间，他对什么事都没有了把握，他最没有把握的是自己，所以他就稀里糊涂，卷入了灰元的思路，和灰元讨论起借钱的事来了。而一旦进入灰元的思路，他就觉得自己被套住了，挣也挣不脱。他又能给灰元什么样的答复呢？这是不言而喻的，他根本不应该把这当回事。一个点头之交的小贩，找上门来和他——一贫如洗的退休老头——借钱，这事够荒唐的了。虽说不应该，他还是觉得自己在等灰元，真见鬼。最可气的是这件事居然被隔壁的母女知道了，平时他就怀疑这老婆子看不起自己，现在说不定她们要如何鄙视自己呢。怪不得蛾子早上看见灰元来了就那么激动地通知他，很可能借钱的事她们预先得知了，等着看他出丑。句了翻来覆去地琢磨今天的怪事，越想越不安。他无数次对自己说：不就一个小贩吗，有什么了不得？每说一次，那小贩的样子就愈加鲜明，自己心里也愈加没有把握。不知想了多久，终于沉沉地睡去。

醒来时天已黑下来了,他昏头昏脑地走到后院去收衣服。收好衣服刚要走,猛然看见一个黑影迎面而来,不由得腿一软,差点朝地上坐下去。

"你没有丢什么东西吗?"黑影说,原来是蛾子。

"没。你怎么躲在这里!"他后退两步。

"我没有躲,我在看月亮。你又没做贼,怎么这么心虚!"蛾子对他嗤之以鼻,然后就转过身去不理他了。她的背影朦朦胧胧的,有点像一只熊。

句了将衣服叠好,放进衣柜,脑子里浮出这个问题:"怎样才能筹集到三千元钱呢?"这个问题是自然而然地浮出来的,等他意识到是怎么回事之后,便大吃了一惊:莫非自己患了精神分裂症?最后他确定这只是由于患感冒身体虚弱引起的,由于在床上躺得太久所致。他加了一件外衣,想到外面去走走。

出门便是菜地,有个人打着手电勾着腰在菜地里照来照去的。菜地边有一座简易厕所在晚风里散发出阵阵臭气，闻着这臭气，他心里倒有点踏实了似的。穿过菜地便是那条新修的柏油大马路，听说这条路延伸到很远很远，但句了从未到马路尽头去看过。路上车来车往，他只好挨着边上走，否则汽车喇叭叫得怪吓人的。右前方的小山包上有一只老猫整夜叫个不停，叫声中还变出一种花腔，好像心术不正。句了听出了那老猫的用意，心里觉得好笑。正想站住听个究竟，黑暗中有个人与他打招呼：

"出来散步啊，好，真悠闲。"说话的是七爷，渔场的退休老头。

"并不是散步，只是到那头买包烟。"他急急地与七爷擦身而过，快步向前走。

听见七爷在身后咳嗽了几声。走了一段，回头一望，居然看见七爷还站在那里，路灯照着他的白褂子，白晃晃的刺眼。他正在观察自己的去向呢。句了又气又恼，干脆掉转身往回走，迎着路灯下的七爷走回来。

"你一定有什么心事吧？"七爷问，目光逼视着他，句了觉得无处可躲。

"是啊，我问您，有这么一个人，不过是我的一个熟人，平时关系很疏远，可是他忽然就找上门来向我提出不合理的要求，他的口气就好像他是我的上级、我的领导一样，而我，也不知怎么就糊里糊涂地考虑起他的要求来。现在我又后悔了，觉得这事太荒唐，自己与那人根本没关系，完全可以拒绝他的要求。您如何看待这事？"

他就像顺口溜似的一下子就把自己的心事兜出来了。

"这事啊，得慢慢想清楚。"七爷蹲了下来，用一根棍子划着地，打算作长篇大论了，"首先，你的熟人总不会无缘无故地来向你提要求的吧？既然不会无缘无故，那么我们就来设想一下你和他的关系。在你的心里，你和他关系疏远；在他的心里，他与你的关系怎么样，这件事你细想过了没有呢？如果那个人，打个比方说，是个特别孤僻的人——我们渔场里就有这样的人，只和鱼说话，不和人打交道——从不与人来往，而这个人对你情有独钟，可是他不知道怎样表达自己内心的那点情感，于是你永远无法知道。在你不知道的情况之下，他已经在心里把你当成了知己，对你的一举一动都有浓厚的兴趣，这种情况是完全有可能的。我已经在这里生活了六十多年，什么都见过了。一般人往往不注意身边的小事，浑浑噩噩地一天天过。你可能讨厌这种假设，可能会反驳，既然那个家伙从来没有向你表达过感情，或者说你毫无察觉，他怎么能算是你的朋友？我要问你，你怎么知道他从未向你表达过感情呢？你刚才提到不合理的要求，那是不是他的一种表达方式呢？在你的眼里不合理的东西，在他看来说不定是天经地义的呢。你一定总认为，没有向你表达出来的东西就一定不存在，这实在是一种很糟糕的武断的想法。"

"那么七爷，我应当接受他的要求吗？"句了胆怯地问。

"这个问题没人能答得出来。我刚才看见你在这里心神恍惚地走过去，我就知道你遇见那种问题了。开始你还想躲着我，我就站在这里等你，我知道你要回来和我讲话的。你不久就会知道，你提的问题没人答得出来的。"

七爷站起身来伸了个懒腰，将双手背在身后，从小路岔过去，往渔场方向走，一转眼就消失在暗夜里了。句了举目望去，看见远处有点点小火，那是巨大的鱼塘边有几个人在那里工作。句了心想，七爷真是见多识广啊，只是他说的那种人，自己怎么从来没见过？可能是因为自己太粗糙，就是见了也认不出吧。莫非小贩灰元真是七爷讲的那种人？这样认为是不是另一种武断呢？虽然不断回忆起从前小贩打量自己的眼神，句了还是不愿这样想，他下意识地抵制这种想法。再说七爷也不一定知道小贩的心事，句了住在渔场里，小贩却住在街上，每天也不是去渔场，而是去大河边捞鱼，两人各不相干。七爷当然不会知道，他的话不过是一种见多识广的推测罢了。

　　句了在外面转了这一通，伤风减轻多了，进屋的时候看见隔壁的灯已经熄了，那母女俩这么早就睡了。句了知道自己又面临着一个不眠之夜。早知如此，还不如跟了七爷去渔场里呢，也可以聊聊天打发时光。话虽这么说，他却是拿不定主意的。渔场那么大，一片汪洋一眼看不到边，那些工人都很古怪，沉默寡言的。只有七爷有点不同，这个老头喜欢与街上的人攀谈，见人就说话，大家都认识他，然而就是他，也从不与街上的人深交，人们对他的了解只限于表面的聊天。句了觉得七爷今天夜里的谈话有点反常，随随便便就触动了自己的心弦。当然，这还没有到句了就可以贸然跟了七爷去渔场的地步，何况七爷一点邀请的意思都没有。句了不知不觉地忘了某种不快,思路一下子又到了灰元身上。灰元说要等他的答复,这就是说灰元过几天还要上门来。句了将七爷的话联系起来细细一想,就觉得自己还真的没有设身处地从灰元的角度来分析过两人的关系。如果灰元是真的将自己看作一个知己,一个唯一的朋友,那么灰元和他的关系就有了一种大的不同,而且这种不同早就存在了,只是他不知道罢了。假如真是这种情况,句了不知道该怎么办。他这一生,从未有过知己,也没有任何人提出过要和他成为知己,他一直是自满自足的。现在突然冒出这么个人,一个司空见惯的小贩,一个从未引起过他的注意,在这以前相互间连两句以上的话都未交谈过的人,他又怎能习惯和灰元有那种亲密关系?最重要的是,灰元丝毫没提到他们的关系,灰元到他房里来借钱,显出一种横蛮不讲理的派头,而且蔑视他,灰元的表现与七爷的推测一点都沾不上边。难道世上真有这种情感,丝毫不表露出来的情感？不但不表露，还尽量引起你的反感与厌恶？话又说回来，这个鱼贩子灰元，街上的人都知道他是一个孤儿，他总是独自背着鱼具下河捞鱼，捞了之后焙干，拿到菜市场卖。从表面看，他的大脑似有些先天的迟钝，连钞票都不大数得清。他从不多说话，总是那硬邦邦的两三句，生意因此做得马马虎虎。句了从前一直将他看作一个头脑不清醒的人，现在看来是错了，迟钝不等于不清醒。如果一个人几十年抱着同一个念头，这个念头就像树一样在他的大脑里面扎根生长了，于是大脑渐渐消失，变成了这棵树。灰元显然是像他一样，也不善于表达自己的内心。还有一种可能就是，他的内心完全无法表达，这是很可怕的，于是就有了借钱那一幕，就像恼羞成怒似的。这样一个孤独的家伙，居然对自己存着这样一份信赖，而这信赖又从未表现出来过，只存在于假设之中，句了应该高兴呢，还是恐惧呢？依然没法确定。很显然，灰元遇到了经济上的困境，他是来求助的，他的傲慢也不能改变这个事实。那么自己究竟有没有义务要帮助他呢？如果前面的假设成立的话，句了认为有。而到目前为止，那假设的根据只是见多识广的七爷的一番推测。一个孤儿究竟是怎样的呢？句了自己并不是孤儿，他先前有过老婆，有过一个儿子，他的父母死得也不早，是他自己自动离开他们所有人的。他记得那一次自己走了很远很远，后来就到了这个镇上，进了一家制革厂，一直干到退休。小贩灰元这个人，自己刚来就认识他，那时他还是一个小孩，成天守在河边，跟着那几个老头学捕鱼。一次句了亲眼看见几个搞恶作剧的青年将他篓子里的小鱼抢走了，他呆呆地站在那里，仿佛不明白发生了什么事。句了走到他面前，从身上掏出两块钱放进孩子兜里，然后拍了拍他毫无表情的脸。这件事句了早忘了，今天夜里才忽然想了起来，想起来之后又有点后悔从前刹那间的轻率，要不怎么会有今天的困境呢？那时不经意中撒下的种子，今天结果了，他只好自食其果。由于想起了这件事，假设便有了现实的根据，他再一次感到七爷真是见多识广啊。不过这个根据还是自己一厢情愿的猜想，因为也许灰元从未将自己对他的那次帮助放在心上，当时他毫无感激的表示，后来他常盯住自己看，那眼神也不是感激，而是一种令人不快的好奇心，仿佛要探讨这个老单身汉的私生活似的。如果说是因为自己给了他两元钱，小贩便有了权利来扰乱自己内心的平静，这也太离奇了，所以也可能这两件事之间确实没有什么联系。不过世上的事谁又说得准呢？要是那小贩多年里头将那两元钱的事牢牢记在心头，由此而产生了许多古怪念头呢？现在灰元也许是真的陷入了困境，也许只是以这为借口，趁机闯入自己的私生活，满足他那种变态的兴趣。无论是这两种情况中的哪一种，句了觉得自己是无能为力的。不是连七爷都回答不了这个问题吗？白天里，灰元说要借钱时，态度是居高临下的，还有些瞧不起自己呢。可以说，他把一切都考虑好了，或者也可以说，他什么都不考虑，他认为一切都是顺理成章的。他走到句了家里来，向句了借三千块钱，他脑子迟钝，只想到了句了一个人，所以就来了。至于句了有没有钱，那是句了的事，他遇事从不多想。他临走前说的那几句话也说不上是威胁，只不过是头脑迟钝的人特有的直爽吧。句了将自己和灰元的关系一幕一幕想来想去的，以前认为没有意义、很平常的一些事，现在忽然完全不同了，那些平平淡淡的场景在今天这个不眠之夜里相互间都产生了新的联系，在自己脑海中跳荡起来，颇有点令自己震惊。也许是身体虚弱所致吧，一切都要待白天才能澄清，他这样对自己说。在这一夜间，隔壁的电灯亮了好几次，每亮一次，那母女俩就小声地说一阵话。

　　起先句了想躲着灰元，每次去菜场就绕道走。过了好几天，灰元还是没来找他。又过了好几天，句了自己反而觉得不安了。他不由自主地从灰元的角度想这件事，他想，灰元这种人，一辈子很少与人打交道，脑子又比较迟钝，如果这样一个人来找自己，那一定是长久酝酿的结果，说明自己在这个人心目中具有非同一般的地位。他鼓起勇气来找了自己，自己却给了他一个拒绝的回答，自己连想也没想就拒绝了他，自己有什么可想的呢？自己根本拿不出三千块钱啊。自己这样做就把多年前的那个印象全部粉碎了。

句了回到家，看见蛾子正蹲在大门口的石阶上吃饭，手捧饭碗，一只菜碗放在地上，一副苦命的寡妇相。句了回想起早些年她嫁过人，不过在很短的时间内就回到了娘家，在后来的日子里她的神情就好像从来没嫁过人似的，有点假装天真，又有点倚老卖老。句了估计，她也就二十五六岁的样子吧，可她从来不叫句了"叔叔"什么的，总是直呼其名，她莫名其妙地将自己看作他的同辈人。

"你去找那个贼去了吧?看你慌慌张张的样子。"她一边往嘴里扒饭一边说,"那种人啊,不会轻易放过你的,你要提高警惕,将房里那些值钱的小东小西全收好。"

她捡起脚下的菜碗,站起身要回屋里去,正好这时她妈妈出来了,老婆子看见句了,愣了一下,然后很不高兴地骂起女儿来:

"吃饭也要跑到门口去,你那么关心人家的私事,一点好处都没有,只不过惹得别人心烦,倒把你看作了绊脚石,有什么好处?"

句了站在那里很不安,冒冒失失地开了口:

"你们的判断有错误。灰元和我是这么多年的老熟人了,怎么会是小偷?就算要偷,也偷不到我头上来啊。"

"你听见没有?"老婆子看也不看句了,只向着女儿说话,"这可是稀奇事,他和那卖火焙鱼的还有交情!蛾子,你真是白操心了,你根本就不该操心,这种有怪癖的老头,谁的话都不会听,我早料到了。"

她这一说,蛾子就往地下"呸"的一声吐了一口饭,好像吃出了苍蝇。然后她们母女俩从他面前挤过去,回家了。

句了回到房里好一会,还听到那母女俩在隔壁讨论这件事。他隐隐约约地听见她们在小声讨论,似乎是女儿说出某种观点,母亲却不赞成,苦口婆心地要说服她;又似乎是母亲并不是要反对女儿,而是有更全面的计划。谈话间又多次提到句了和小贩灰元的名字,每提一次句了心里就一惊,可她们到底具体说些什么又听不清。听到后来句了浑身燥热,干脆不听了,心里计划若等哪一天她们都出门时,用钉子在板壁上钉一些洞,偷听起来就方便了。句了想起来好久没仔细看过这老太婆了,今天她从自己身旁挤过去,他打量了她几眼,发现她又干瘦了好多,穿着宽大的黑布衫摇摇晃晃地走路,好像一阵风都可以将她刮到天上去。要是一阵风将这样一个黑衣老太婆刮到半空，那必定是很滑稽的景象吧。在这件事之前，句了从未关心过这母女俩，从表面看，虽则住在一处，关系一直很疏远。

黑夜又降临了，句了坐在房里抽了一支烟，觉得很闷。回忆起一个星期前的事，突然很想到渔场里去了。他现在不但不想躲着七爷，反而非见七爷不可似的。他拿了那支大手电筒向外走去。

下了马路，他走在了黑乎乎的小道上。因为白天里下了雨，小道上的野草湿漉漉的，把他的鞋面都弄湿了，袜子黏在脚上，冷冰冰的。用手电筒一照，鱼塘无边无际，死一般寂静。今天夜里也没有上夜班的工人，到处一片漆黑，只听见风在簌簌地吹。在两个鱼塘之间的这条小路上走了大约二十多分钟，才看见前方有两点微弱的光，那是渔场工人的宿舍，七爷就住在那里面。句了昏头昏脑地走着，心里一直在为自己的冒昧找借口，就像有两个人在心里吵架似的，声音越来越高，但究竟吵些什么却是糊里糊涂的。那两点光越来越大，房子的轮廓渐渐显出来了，是很长一排低矮的瓦屋，像那种简易工棚似的房子。句了感到脚上的湿袜子极不舒服，坐骨神经隐隐有些作痛。设想着七爷一辈子就住在这个潮湿的洼地里的情形，心里又为自己感到安慰，自己毕竟在街上有间房子，比这风吹日晒的鱼塘边好多了。句了走近宿舍的时候，又有好几间房子里的灯亮了。莫非在这寂静的地方，自己弄出过大的响声？还是渔场工人的耳朵特别灵敏？现在句了打定主意了，因为坐骨神经痛得更厉害了，一定要进屋去休息一下，最好是烤一下火。

"七爷！七爷！"他高声喊道。

句了右边的那扇小门开了，七爷站在房里，并没开灯，但是他房里烧了一炉煤火，将房子的一角照得通红，句了心里一喜。

"你还在那边马路上我就看见你的手电晃来晃去

的，我想，除了你还会有谁？"

他一边说一边将句了让进屋里，叫他坐在炉子边唯一的一把椅子上，自己就坐在狭窄的单人床边。句了一坐下去，立刻舒服了，他将湿的鞋袜脱下放在火边烤，踏着七爷的旧鞋。这一切就像在梦中，然而煤火是实在的，他的胸前和膝头立刻温暖起来了。

七爷不烤火，坐在床那边抽着烟。句了疑惑地想，他在房里烧这炉旺火，是不是专为等自己来烤的呢？这样想了之后又觉得自己太自作多情了。

窗口前不断有人窥探，还有人敲门。句了知道是那些工人，他们太寂寞了，也许想进来聊聊天，可是七爷理都不理他们。

"你的事，我一直记在心里的，对于那种不合理的要求，你现在有了一种新的看法了吗？你不要分散你的注意力，要把你和他的关系弄个明明白白。你一定看出来我也是一个很专心的人了。比如外面这些小伙子，他们总想进来，可是我对他们不感兴趣，我太了解他们了，他们来找我能有什么事呢？不过是劳累一天之后，还有过剩的精力要发泄罢了，一进来就到处乱吐痰，把屋里搞得很脏，再有就是乱叫一气，在渔场工作，很多人长久不说话，已经不会好好讲话了。我不放他们进来，是因为我在想心事，不愿受他们打扰。你的事也可以算我的一件心事。"

七爷说到这里时，有个人在外面忍耐不住将房门推开了，伸进头来到处张望。由于没开灯，那个人的样子看不清，似乎已经不太年轻了。

"石头，没事干就回去好好休息。"七爷威严地说。

"我睡不着，您倒睡一下试试看，风叫得像要杀人。能不能让我进来烤一小会儿火呢？"他的声音像儿童一样尖细。

"不行。没看见有客人吗？"

那人叹着气缩回脑袋，关上了门。七爷如塑像般一动不动地坐在床边。窗前还有几个人影，都将面孔贴在玻璃上。句了相信他们什么都看不见，但是他们一心要看，他们的好奇心令人惊讶。

"七爷，我到这里来，是想请您说说那个人。您告诉我，他只和鱼说话，不同人打交道。我觉得这里面一定有一个故事，您能不能对我讲一讲？细细一回忆，我早就对这种人有兴趣，尤其是他们的成长经历。从年轻时候起，那是很久以前了……"

"可惜，"七爷打断他的话，"可惜这里头根本没有故事，那个人一文不值。他会有什么故事呢？他是个白痴，成天打草喂鱼，要是摔了一跤，就坐在地上呜呜地哭。他已经死了，那是在七年前，不过他倒是有点意思，只是你要听的那种故事他根本没有。"

句了坐在那里，一时间说不出话来，七爷也不说话。到处一片静悄悄的，大约风也暂停了。句了想，在街上，绝对不可能有这种彻底的寂静。窗玻璃上的那几张脸仍然贴在那里，没有弄出任何响声。句了对窗外这几个人的好奇心很不理解，这么冷的天，他们贴在那里干什么呢？刹那间，渔场里的寂寞感似乎钻入了他的骨髓。不知过了多久，他终于轻轻地说：

"我要走了。"

他说了这句话后，七爷还是沉默着，窗外却骚动起来，他抬头一看，那几张脸已经不见了。句了等着，想等七爷开口他再走，但是七爷似乎进入了一种他不熟悉的意境，火光照着七爷的脸，那脸粗糙得如一个树桩，所有的表情都向内缩了进去，只剩下一个模模糊糊的外壳。炉子里的火渐渐暗下去了，连七爷也看不清了。句了摸黑穿好鞋袜，然后站起身来告辞。临走前他再一次用手电筒照了一下这间简陋的房子，发现墙上挂着很多草把，他想问七爷那些草把是用来干什么的，再一想又忍住没问。

鱼人

一直到他出门,七爷还是坐在那里没动。句了走出好远之后回头一望,望见那一排房子全亮起了电灯,就像浮在黑暗里的星星一样。风起来了,吹过塘面,吹得他几乎要跌倒。烤干的鞋袜又弄湿了。什么时候了呢,说不定已经是半夜了吧?他加快脚步,与风搏斗着往家里赶。他在小路上碰到一个人,那人是做夜班的渔场工人,那人为了防止别人偷鱼而值夜班。那人没和句了打招呼,匆匆地过去了,身上一股鱼腥味。

句了在马路上看见菜农还在菜地里忙来忙去,一盏马灯高高地举起,不知道他正在照什么东西。句了从马路上下去,迎着菜农走过去。

"春天来了,菜的长势不错啊。"他对那人说。

"唉,这年头,要操心的事太多啊。您不也是一样吗,黑更半夜的还在渔场里跑,一定是放心不下吧。"

那人的话使句了停下了脚步。怎么回事?他和那人不过是面熟,那人怎么会说出这种话来,语气还好像是责备他似的。

"我不过是去那边找一个人。"他说。

"找七爷吧,"那人说着走过来,举起马灯来照他的脸,"我告诉您,那不会有什么用的。我了解七爷,他只会给您添乱。您想,他住在那么一个地方,风吹得就像鬼哭狼嚎,这种人能有什么好性情?这么一个人,却对街上的事了如指掌,这是为了什么?夜里我看见您出去的,您在他那里待了那么久。"

句了猛地打了几个喷嚏,这才记起自己的湿鞋袜,于是赶紧回家。

一觉醒来,已是第二天中午。洗漱完毕,就到灶屋里去做饭。灶屋是和蛾子家共用的,此刻那老婆子正在炒辣椒,弄得满屋子呛人的烟。句了捅开煤火,将米饭放到灶上,就坐下来择菜。蛾子的妈已做完了饭,这时走到走廊上,用一条毛巾扑打着身上的灰尘，还大声咳嗽了一阵。句了看见她黑着脸，憔悴不堪的样子，不过也许只是他的感觉，也许她从来就是那副样子，句了以前确实没有认真打量过这老婆子。他在水槽里洗菜时，蛾子过来了，她来端走她母亲放在灶台上的饭菜。她手里端着碗，却没有立刻迈步，眼睛发直，盯着正在切菜的句了。

"你在外面逛得那么晚才回来，这并不好。你一个老头子，怎么还会有那么大的兴趣？那卖火焙鱼的昨天夜里来了，你不在，他就坐在我们家和母亲聊天，聊了很久。我倒是十分留心的，我始终注意着不要让他偷走什么东西。"

"你瞎说吧，他才不会聊天呢，他连话都说不好，怎么会上你家聊天？我从未见过他聊天什么的，想一想都别扭。这家伙独来独往，他那天是来找我借钱的。"他一失口就讲出了秘密，马上又后悔不迭。

蛾子先是吃惊地看着他，后来忽然埋下头窃笑着往房里去了。

句了总是这样,做过了的事又后悔。他觉得不该告诉蛾子小贩来借钱的事,这下她掌握了他和灰元之间的秘密了。虽然没什么大不了的,他心里还是不畅快。尤其是那老婆子,今后更会让他不知所措。假如他真有钱又不同了,要是她们都知道他拿不出钱,心里不知道要如何耻笑呢。成了笑料当然也没关系,可是怎么面对老婆子呢?老婆子看他的目光似乎是要搞清他撒谎的原因。可能灰元是真的上她们家去了,但也有可能是来找他,而他不在家,于是这母女俩就故意将灰元拖进她们房里去盘问,而灰元并没有告诉她们关于借钱的事,蛾子说"聊了很久"纯粹是吹牛。不管怎样他是做了傻瓜了。

句了吃完饭,收拾了餐具,就提个篮子去菜市场。

远远地看见灰元垂着头坐在那里,他有点觉得亲切,又有点惭愧。他不该将借钱的事说出去,要是灰元知道了，会怎么想？再说自己根本没钱，这种举动就更卑鄙了。也许还是去与灰元说说吧。

"灰元，你好！"他打过招呼就连忙低下头去看灰元篮子里的小鱼，用手指头翻来翻去的，假装在挑选，"给我称四两。"

灰元没有动，只是缓缓地抬了头，问他：

"您已经想好了？"

"好了，"他顺口说，"称鱼吧。"

灰元就往秤盘里放小鱼。句了注意到他的手患类风湿关节炎，每个关节凸起，指头歪歪扭扭的；而他的脸，是那种说不出年龄的脸，可以说是三十岁，也可以说是五十多，脸上的皱纹并不多，只是奇瘦，一个陡削的鹰钩鼻，其他部位看不到一点肉，一层焦黄的皮肤下面就是骨头，嘴唇往里面深深地缩进去，就好像是没有嘴唇一样。句了注意过他的牙齿，那两排牙齿倒是又细又密，而且白亮，与这张脸一点也不相称。句了设想着他咬东西的情景，不由得打了个冷噤。

灰元包好鱼，交给句了，又垂下了头。

句了想走，又觉得不能就这样走了，要对他说点什么才好。句了想了想说：

"你去过蛾子家了呀？你一定是去找我的，你不要不好意思嘛。"说到这里他忽然有点进攻的得意，"那家人家呀，非常厉害，总想从我们口里了解点什么去，我知道你什么也不会告诉她们的，是吗？干吗要告诉她们呢？"

灰元抬起头看着他，"啊"了一声，又恢复了那种愚钝的样子。他好像什么也没明白，整个事情好像是句了在自作聪明。

句了羞愧地提了篮子走开了，在灰元面前，他颇有点像"以小人之心，度君子之腹"，又因了这感觉而分外地气愤，恨不得与这小贩一刀两断才好。句了走到别的摊点上，买了两样蔬菜就准备回家，他扭头又看了一眼灰元，看见灰元似乎已经睡着了。

他在回家的路上碰见蛾子,蛾子也来买菜,兴冲冲的。

"句了,一块去走走,和那灰元问问清楚。"蛾子在市场上大声地说。

"不、不!我得马上回家。"他逃跑似的加快脚步。

蛾子走过来一把从背后揪住他,还摇晃了几下,说:

"干吗要跑?他不就是有点小偷小摸吗?也用不着这样害怕啊。"

蛾子又看了看句了,忽然她的目光散了,眼里透出无限的忧愁,然后松开手,叹了口气走了。

大约又过了一星期,灰元再一次来到句了家里,这一回他没有提篮子,空着手。

句了递给他一根烟,目光与他对视了一下,然后呆呆地坐下了。句了看出在灰元的眼光里有种熟悉的东西。并不是说灰元的目光有什么变化，那目光仍然同以往一样，迟钝而冷淡，只是这一次，在他们目光交叉的一刹那，句了从那里面瞟见一种奇怪的东西，这种东西自己从另一个人的目光中也见到过，只是一时记不起是谁了。是的，这小贩的目光里透出深深的忧郁，甚至还有对自己的怜悯。可是灰元为什么还要坐在这里呢？他不是为借钱的事来的吗？到底是谁值得怜悯啊？

"逼债逼得越来越紧了，我真是走投无路了啊。"灰元收回目光，垂着头瓮声瓮气地说，"您有弹子吗？"

"弹子？没有。"句了吓了一跳，"干什么呀？"

句了的眼圈潮湿起来，他站起身，自己也不知怎么了，开始滔滔地说起来：

"灰元啊，为什么你还要玩这些小孩子的游戏呢？你已经是一个成年人，各种艰辛全尝过了，严寒酷暑损害着你的健康，每天还得为生计发愁，因为你太不精明,不适合做小生意。你一声不响地熬到了今天,却反而欠了一大笔债。现在你无路可走了,你来找我帮忙,可是我根本没钱。起先你以为我在撒谎,现在你看出来了,于是你就要逃避现实了,现实怎么逃避得了呢?我不想把我自己装成多么有同情心,我不会陪你打弹子,这对我来说太奇怪了,也超出了我的能力。我倒宁愿一声不响地和你坐在这里,虽然对你没有什么大的帮助,可我也只能这样了。"

"您是个懦夫。"灰元心平气和地说。

句了始终没有弄懂灰元眼里的那种怜悯,他想或许这个大脑迟钝的家伙在异想天开。他一个孤老头,有饭吃,有衣穿,又不欠别人的债,莫非反过来需要灰元的同情?他与这小贩是几十年的老街坊了,是不是灰元在长期的观察中预感到了某种征兆?某种句了自己毫无察觉的征兆?还是自己真的有什么秘密掌握在灰元手里?现在这个人就坐在自己面前，蜡纸一样薄的眼皮勉强遮住巨大的眼球，好像要睡着了似的，只有那些畸形的指头在膝盖上不停地扭动着。句了觉得自己心里的同情已被嫌弃冲淡了，他嫌弃这个人的脸、鼻子，嫌弃这个人的手，看一眼这个人都使他头痛。

"我生活得很好，虽然没有多余的钱，饭还是有的吃的。我这种人，又不惹是生非，天一黑就把门关得紧紧的，所以倒也平安无事。"

他说这些时，灰元连眼皮都没有抬一抬。句了想，自己到底要说什么呢？想到这里，他就神思恍惚起来，仿佛眼前坐的不是灰元，而是另一个人，一个说不出名字的人，这个人他也许见过，也许没见过，有一点是肯定的，这个人不会与他无关。至于灰元的债务，以及灰元向他借钱的事，这都是表面的，而且灰元的模样也完全不像有求于他，灰元似乎只是在与他谈及某种虚构的困境。灰元的态度也不是倾向于要找到解决的办法，他只是消极地讲出他的困境，然后就等待句了的反应；也可能他等都没等，只不过是坐在那里发呆。句了此时的这种感觉是如此真切，连自己都惊骇起来：这个小贩，这个成年累月在河边捞小鱼维持生活的家伙，他到底怎么回事？难道自己和他之间有一种自己从未认识到的、如同血缘一样的关系吗？句了自己父母已经死了，既无兄弟也无姐妹，而老婆儿子也在多年前就离开了自己，是不是这一切反倒注定了自己和这个人之间要发生一种特殊的、无法言说的联系？他为什么要怜悯自己？听街坊们说，灰元从来不知道自己的父母是谁，也没有任何亲人。而自己，却是有过，后来又失去了。失去了不就等于没有过一样吗？所以现在自己和他平等了。现在他明白灰元那句话的意思了，他在人生的战场上败了下来，躲在这里了此残生，所以他是个懦夫。但是他的理解也许完全错了，灰元并不知道他的身世，所以那句话完全可以理解成是指他不敢与灰元去打弹子。句了被这些念头搅得心里七上八下的，而灰元，垂在胸前的脑袋微微起伏，竟然轻轻地响起了鼾声。

"要把家里的小东小西全收好了呀。"蛾子从门外探进她的脑袋，注意地看了句了一下。

句了猛然想起她的目光与灰元的一模一样。他们为什么要怜悯自己呢？仅仅只是某种妄想在作怪吗？

"这个人，到了这种时候还睡觉，真够冷酷的啊。天下竟有这种稀奇事，找到你家来打瞌睡。你可要小心，趁你不注意……"

她话没说完就走掉了，因为她母亲在叫她，那叫声不像她平时的声音，里头夹着些凄厉的味道。

老婆子这一叫，倒把灰元叫醒了，他站起身来要走，句了默默地将他送到门口，然后突然说了一句自己也不太理解的话：

"渔场里的七爷你知道吗？我见过他了，在他家里。"

灰元抬起眼来看他,那目光寒气逼人。

"那种地方,少去。"

灰元走了。他是来干什么的呢?似乎是来借钱的,又似乎不是,他坐在桌边打了一阵瞌睡就离开了,并没有提借钱的事,倒是句了自己说了一通这方面的事,而他听了又不以为然。他好像要将句了的注意力从借钱这件事情上岔开,那么他要把自己的注意力转移到什么事情上面去呢?于是句了又想起灰元目光中的那种怜悯。在那种目光后面,也许有种自己永远也无法接近的东西,句了不知道那究竟是什么,正因为不知道,也就无法深究了。有的事,用一辈子的时间都搞不清。

隔壁的母女俩又开始叽叽咕咕地议论他了,讲些什么却听不清。前几天他在木板壁上凿了两个洞,到夜里又发现被她们从对面堵死了,所以他在枉费心机。她们总是议论他,提到他的名字,而且不怀好意。至于议论的具体细节,句了从未听清楚过,这大概也是他始终保持好奇心的原因。前天中午他将剩饭炒了来吃，蛾子说他的剩饭被老鼠爬过了，应该倒掉，句了舍不得倒，说在火上多煮些时间就消毒了。当时那老婆子就在旁边插嘴说，今后说不定剩饭都吃不上了呢。句了觉得这老婆子特别可恶，从来不安好心。后面的事是句了没料到的，蛾子愣了一愣，就窜了过来，端起他放在灶上的锅子朝外泼去，将半锅饭全泼到了外面的沟里。一大群鸡跑了过来，很快就将米饭啄食完毕。由于饭被泼掉，句了也懒得重新煮了，于是饿了一餐肚子。由此他更讨厌老太婆了。句了认为蛾子的行为全是她教唆的。近来她们俩总是在小题大做，竟然发展到了干涉他的行动。在这以前他和这家人家的关系完全不是这样，到底是他变了还是别人变了呢？

傍晚时分，那家人家的儿子回来了，这可是件稀罕事，因为句了已经有一年多没见过他了。他的稀疏的胡子留得很长，身上瘦得皮包骨头，还散发出一股异味，像患了绝症的人身上常有的那种味道。他在走廊上与句了相遇，竟然伸出手来，句了只好轻轻地握了一下他的手，那只手像冰一样冷。那天夜里他们家就像过节一样，蛾子做了好多菜，一家三口闹腾到很晚，句了皱着眉，在隔壁暗暗冷笑。果然第二天一早那家伙就不见了。

"你哥哥走了？"他装作无意似的问蛾子。

"去国外了，和一个开发公司走的。"蛾子高傲地说。

"你撒谎，他已经病入膏肓了。"

"有一段时间了，我和妈妈注意到你总是不安，为什么呢？是因为那个人来过了吗？你还往渔场里跑，搞到半夜都不回来，进屋时又毛手毛脚弄得很响，像小伙子一样。"

句了听出她在转移话题，避免谈她哥哥，看来她家里有见不得人的事，遮遮掩掩的。从蛾子脸上一点也看不出有什么凄惨，然而这种盛气凌人是不是要掩盖什么呢？

"妈妈对你的事不放心，总是吩咐我注意你的行踪。你又不是一个小孩，我怎么能时时刻刻跟着你？我们两家在一起住了这么多年了，从来都是各顾各的，现在忽然一下这么热乎起来，旁人要是看见了会起疑心的。我这样说我们之间的关系，是从外人的观点来看问题，我们本身不是这样看的，至少妈妈不是，妈妈一直为你操心，你当然不知道。现在人家起疑心，就算我们问心无愧，人家也是绝不会理解的。我和妈妈在这条街上住了几十年了，当然不愿意被别人议论，被别人议论的那种滋味，你也是不会知道的，那就好比成群的蚂蚁在咬你的脚板心，而你一动也不能动。"

她的这些话使句了听了心里感到好笑，要说被人议论，他本人不是天天被她们俩议论来议论去吗？但他一点都没感到她所说的那种严重的后果，他只不过是有点好奇心罢了，所以才在墙上打洞。

奇怪的是这蛾子,现在说起她妈妈来是这么动情,她的神情好像在告诉他,他的行动已经影响到她母亲了,可是她不想让她母亲出面来解决这种事,她要与他私下里了结,免得母亲过分操心。根据句了的观察,这蛾子以往对她母亲并不那么尊重,她我行我素,自己想干什么就干什么。她随随便便就嫁了人,后来又随随便便离了婚回到母亲身边来。她刚回来时她们家连生活都成问题,因为蛾子出走后丢了工作。后来她们找到一种糊纸盒的零工,母女俩成天待在家中糊纸盒,糊好了就拿到院子里晒干,送到商店去。当时那老婆子对蛾子有很大的怒气,因为蛾子搅乱了她老年的平静生活(她是个退休工人)。有好几次,句了看见老婆子站在天井那里骂蛾子,骂她"流里流气""不守信用"等等。

"我妈妈最不喜欢动荡不安的生活了,尤其是内心方面的,这会使她生病的。难道你就不能为她想一想吗?她虽然一贯体质强健,那正是得益于她保持了内心的平衡呀。"蛾子还在说，言语里谴责的味道已经很浓了。

"你是说我不该和灰元来往，不该去渔场里，我的这些行动扰乱了你妈妈内心的平静，影响了她的健康，对吗？"句了问。

"我并没有这样说，你总要歪曲我的意思。实际上，我只是告诉你，我妈妈的情况很不妙，那原因在你身上，其他就什么也没有了。我既没说你该怎么样，也没说你不该怎么样，那不是我的权利范围内的事，你也不要凭你的兴趣来推测。"

蛾子气愤地涨红了脸，眼里射出凶光，句了不由得有点害怕了。

"那么被人议论的事怎么办呢？"句了畏缩地问。

"还能怎么办？你说怎么办？我们被人议论了！妈妈因此生病了！呸！我要走了，我的声音这么大，万一被妈妈听见可就糟了。她虽躺在床上，仍然在想着这事，一刻也不放松，我知道她就是这种性格。"

她走了，关门时是用脚踢的，踢得厨房门上面落下很多泥灰。

过了没多久，蛾子又来敲门，原来老婆子是真的生病了，蛾子不知怎么办才好，就来喊句了去看看。

老婆子上半身倚在床头，很精神的样子，头发梳得溜溜光，在脑后挽一个髻。只是她的脸的确比往常要苍白得多，像那种大病初愈的人。她朝句了挥了挥手，说：

"你把光线挡住了。"

句了连忙让到一旁。老婆子并不理会他，用手支着下巴在那里沉思。句了想，蛾子叫他来干什么呢？这会儿她恭顺地坐在老婆子床边，帮她掖好被子，用崇拜的眼神看着她，不时轻轻地唤一声"妈妈"。

"我要走了。"句了说。

"你不能走,妈妈有话要对你说呢。可是你不要着急,她现在正在回忆她要讲的事,这是很痛苦的,不过她总会想起来的。妈妈总是这样辛苦操劳,弄坏了身子,而你,成天无所事事,竟然还往渔场里跑。现在错误已经是无法挽回了。"

句了又在房里站了好久,老婆子连正眼也没看他一下。他终于沉不住气了,提起脚来要走。蛾子一下子站起来,发狠地说:

"你走吧,到渔场里去找那老怪物吧,把灰元叫到你家里来吧,我们并没有阻止你。你站在这里一心只想着你自己,妈妈却在受苦,为了什么?为了你这样一个一钱不值的小人,一个决不为别人牺牲丝毫利益的市侩!"

"我们不要管他。"老婆子硬邦邦地丢出一句话,又继续她的沉思。

厨房里冷冷清清的,灶里的煤火已经黑了。句了一边生火一边想,老婆子的病明明与他毫无关系，为什么蛾子非要扯上他不可呢？这老婆子，肯定是为她儿子的事才生的病，那个浪荡子才是她的心病。蛾子拼命想要抹杀这个事实，才扯了他去胡说八道一通，真是煞费苦心啊。有一点是句了不曾料到的，那就是蛾子居然对他的一举一动，包括他那些模糊的念头都了如指掌，而且显然是不赞成他的。如果她们母女俩对他了解得如此透彻，那么蛾子讲的那些话也是有道理的：这两个人果真在日夜为他操心。句了虽不相信蛾子说的她妈妈是为了他而生的病，可怎么也想不透她们为了什么而这样关心他，难道说她们关心他就是为了要反对他？她们自己的事还忙不够，怎么会有这么多时间来管他的事呢？火苗蹿上来了，句了将水壶放在灶上，开始细想那天夜里渔场里发生的事。与七爷有关的一切全是模糊不清的，寂静的鱼塘、黑暗中的点点灯光、野草上的雨水、烧得通红的煤火、紧贴窗玻璃的人面、回来时在菜地里遇见的那个人……想着这些模模糊糊的事，句了总感到某种快意，那渔场，真是个令人神往的处所啊。这里的人为什么都对七爷充满了戒心呢？难道他们是害怕他？老婆子一定不怕七爷，句了看见她穿着黑布衫飘来飘去的，就知道她是什么都不怕的。这几十年里，他一直待在街上，原先没有这条大马路，到渔场去要经过弯弯的小道。后来大马路修好了，鱼塘就在马路旁边，每次他从马路上走过都可以欣赏那些明镜般的水塘，还有塘那边那些甲虫似的小屋。渔场里的工人走路低着头，步伐机械，他们那黑色的背影总是引起他无穷的遐想。他们当中有一个人很惹眼，那人头部很大，动作迟缓，每当听到背后有什么异常的声音就停住脚步，歪着大头，口中念念有词，却并不转过身来。他的那双赤脚很大，肉很多，这是和别的工人不同的地方。有时走着走着，他会忽然一屁股坐在泥地上抽起烟来，将烟雾吐向辽阔的天空。句了观察他已有很久了，别的工人都很粗鲁，唯独这个人一点都不粗鲁，不如说他的一举一动都像儿童，所以句了每次看见他都有种很心疼的感觉。至于七爷，句了认为他与这些工人是不同的，他深不可测。七爷并不是那种沉默寡言的类型，有时还叫嚷嚷，但不知怎么的，他在这些人当中地位很高，是的，这个退了休的老头一直是所有工人的首领。他似乎对于自己的环境很满意，或者说他喜欢周围这些粗鲁的工人，他有种酋长的风度。直到那天夜里去了七爷家，句了才知道这些工人不完全是少言寡语的，他们在夜里也和街上的小伙子一样调皮捣蛋，只是在白天的阳光中和天空下，他们的身影才是那样的寂寞，仿佛要融化，要消失似的。连句了自己也觉得奇怪，这么多年了，他怎么就从来没有想到过要进渔场里面去看一看呢？为什么他总是身不由己地从外面观察呢？他又想起这条街上的人也和他一样，从来不去渔场里走，大家似乎遵守着一条无形的界限，所以那天夜里的事才引起老婆子这么大的不安吧。难道真是所有的人都从未去过吗？在漫长的岁月中从不曾有过一次破例吗？句了不知道要怎样来看待那天夜里的事。也许多年来他就在做这方面的准备，只不过自己没有觉察罢了。比如那个大头的工人，由于无数次的观察，句了早就对他十分熟悉了，哪怕隔得远远的，句了也能分辨出他那笨拙的身姿，还有一个驼背，虽然句了从未和他讲过话，那是无论在什么地方也不会认错的。渔场工人到了街上，就像影子一样游来游去，句了甚至猜想街上的人看不见他们。不管怎么回忆，句了也记不起他是从哪一天起对渔场的事发生兴趣的了，也许是大马路修好之后，也许在那之前。这样看起来，那天夜里去七爷家就不是突发奇想，而是长期酝酿的结果。七爷没有大惊小怪，他说自己这辈子什么都见过了嘛，说不定七爷早就在家里等句了去呢，这种事完全有可能。现在一连串的麻烦接踵而来，句了无形中又触犯了隔壁的老婆子，虽然她没有命令他什么，可是她不断用自己的生病来埋怨他，真使人受不了啊。句了活了六十多年，还从来没想过自己也有被人牵制的一天，他早就逐步地砍断了各种各样的牵挂，他已经不习惯于这种牵制了。是不是他该对蛾子和她母亲大喊大叫，说她们的事与他无关呢？一来他不习惯于大喊大叫，二来他的邻居是极其顽固的女人，他已经领教了几十年之久了。

句了把开水灌到热水瓶里，封好了火，正打算回房里去，蛾子又来了。

"妈妈要你过去，现在她已经从回忆中摆脱出来了。"

老婆子已经躺下了，在那张脸上神色全都消失了，像一条正要蜕皮的蚕。她从被子里伸出手，示意句了到她面前来，句了连忙找了一张板凳坐在她床边。房间里只有她和他两个人，蛾子没有跟着进来。一瞬间句了的脑际掠过这个念头：别人会不会认为他与这老婆子之间有暧昧关系呢？这几十年他们之间都是互不相干的,现在忽然越过界限,就像一家人似的来往起来,这未免太荒唐了吧。

"七爷年轻的时候从来不和人讲话,只同塘里的鱼唠叨个不停。"老婆子盯着句了的脸。

"我并不是有意要惹您生气。"句了垂着头,打量着自己那些开裂的手指甲。

"当然,那是我自己的事。你不要听蛾子的,她因为担心我的病,就在你面前夸大起事实来,她总是心里害怕。打个比方吧,一个人得了晚期癌症,在最后的关头他又受到了精神的折磨,能说这种折磨是他致死的原因吗?他总会死的,不是今天就是明天。但是我举的这个例子有点过分了。我想听你谈谈渔场里的见闻,你兴冲冲地往那里跑,不会没有见闻吧,只是觉得与我这种快死的老太婆谈论起来很麻烦,对不对?"

"七爷的房里烧着煤火,外面冷风呼啸,那些小伙子都想进来烤火。在那种地方,一炉煤火总是让人想入非非的。七爷并不善谈。"句了信口开河地说。

"哼,何处又不是一样?表面的寂静掩盖不了私下里的淫乱。我们不去那边不是因为害怕,只是没有那个必要罢了。你不觉得这条街上的人内心都如明镜一般吗?"

"您的儿子,他已经走了。"句了恭恭敬敬地说。

"他去了国外。我认为他的主意不错:离开此地。"

"他根本没有离开此地,他是一个寄生虫。吸您和您女儿的血,为什么你们要这样袒护他?您因为生他的气而病倒了,为了掩饰这一点,也为了欺骗你们自己,你们把我叫到这里来胡说一气,不是吗?我要对您说,停止这种折磨吧。"句了凑着她的耳朵说出了这些话,一说过之后就感到恐惧在上升。

"句了啊,和我这老太婆相比,你只能算是一个小伙子呢。你去那边渔场里走了一趟,马上觉得自己的目光无比锐利了,是这样吗?你究竟观察到了什么呢?如果你不说出来,那要好得多,别人会认为你心里有底,你这样冒冒失失地暴露你内心的无知,只会更加加深我的担忧。我要告诉你,只有我愿意关心的事我才会去关心,这一点谁也无法改变。"老婆子说到这里那张脸就痛苦地皱成一团。

一瞬间,句了惊奇地发觉自己感到了老婆子的痛苦,那无比遥远而又无比贴近的痛苦,他在惶惑中想要抓住这种感觉,可是这感觉一会儿就无影无踪了。他抬头看见了蛾子。

"你该走了。"蛾子轻轻地说,并指了指已经睡着的老婆子。

老婆子好像在梦中蜕皮。

那以后,七爷和句了在街上遇见过一次。七爷的样子显得俗气了很多,扯着嗓子说话,还有点装腔作势。句了想,是不是他到街上来的时候从来就是这副样子呢？可能从来就这样，只是自己以前没注意到吧。他虽然做出这副样子，灰元和老婆子却是懂得他的，从一开始就完全懂得他，多么奇怪啊。他们是通过什么途径与七爷相通的呢？

"句了，怎么这副垂头丧气的样子？"七爷嚷嚷道，"没事就到渔场里去走走吧，呼吸些新鲜空气，哈哈！街上的空气令人窒息，你看看这些人，人不像人，鬼不像鬼，哪里找得出一张清爽的脸！没有一个可以和渔场的小伙子比！"

句了涨红了脸，着急地向他打着手势，想要他住嘴，因为很多人都在路边停下来望着他们俩，好像要看个究竟似的，其中两个还交头接耳，用手指着句了说悄悄话。

七爷根本不理会句了，照样高声大气地说：

"街上的车辆越来越多了，尤其是这些拖拉机，噪音震得人要发昏！你的日子很不好过的，何必硬撑着不说出来呢？前些年我就看出你的脸色不对头了,也不是一天两天的事了。退了休的人是怎么回事我最清楚,表面上很清闲,其实呢,东想西想的,打着各种各样的主意。喂,你不要走嘛,我是说给你听的呀!"

句了觉得自己的脸一定是臊得通红了,他从未像这样当众出过丑,至少近期内没有过。走出好远,回头一看,七爷还在街边向那群人高谈阔论,很宽的手掌一挥一挥的,那种样子实在令人厌恶。想到一个熟人竟会给他如此截然不同的印象,句了又怀疑起自己的感觉来,是不是自己将那天夜里的事神秘化了呢?也许七爷从来都是这副样子,只不过是自己随心境的改变将他设想成不同的样子,而句了一贯认为自己的想象能力是很差的,所以他的构想也是很幼稚的,就像老婆子说的那样,无知得很。那么七爷到底要表达些什么呢?他总不会单纯为了演讲或嘲笑句了才到街上来的吧?他那粗鲁的话语下面藏着什么样的机锋呢?

他快到家时又听见七爷在他身后喊他,跑得呼哧呼哧的。蛾子和院子右边那户人家的女儿正站在大门口说话,看见七爷,两个掩嘴相互一笑。

"成日里待在这种地方,心情一定很烦闷吧?"七爷在他背上拍了一巴掌。

句了感到七爷的手很重,像有磁力一样地在他背上吸了一下。

"七爷您真是身体强健啊!"句了说。

蛾子和银香听了句了这句话,如同听见了炸雷一样尖叫着往屋里跑。

"你的环境很差嘛。"七爷看着女孩的背影,搔着光头讥笑地说:"蛾子在装蒜,刚才她还在街上津津有味地听我谈话呢。你和她们相处不容易吧?我知道她们不愿意你到渔场里去,不过她们绝不会阻止你。你甚至可以带那小贩一起来。渔场里好玩得很啊,尤其是夜里花样更多。"

句了在家中等。他恍恍惚惚地想:也许是等灰元吧,要不等谁呢?可是灰元好几天都没有来,句了有点灰心了。早上晾出去的衣物又被大雨淋湿了,现在挂在房中,一股沤坏了的气味,句了就在这腐败的空气中痴想着。早上他看见老婆子起来了,由蛾子搀扶着走到院子里去,她又瘦了很多,被宽大的黑罩衫裹着,简直不像一个实实在在的人,仿佛蛾子那结实的双手轻轻一提就可以将她提起来。蛾子小心翼翼地用手臂围着她,口里叽里咕噜地在说些亲热的话。他们在院子里相遇,句了很想和老婆子讲话,可是老婆子沉浸在幻想中,根本没看见他。蛾子恶意地向他瞪眼,不耐烦地踢着脚,他只好灰溜溜地走开了。回到房里不久,又听见母女俩在那边小声议论,但议论的中心却不再是他了,这又使他有种莫名的悲哀。她们当然并不是真的不注意他,想想从前几十年,他一直以为自己与蛾子家关系冷淡,没想到完全不是这么回事。最近这段时间他与她们来往得多了,自己就生出幻想,以为她们会要时刻留心自己，但也不是这么回事。近来他变得反常了，她们不理他时他觉得委屈，她们抓住他不放他又厌恶。句了再一次感到自己的判断总是有很大的谬误，又感到最不可捉摸的，往往是自己最熟悉的这几个人。渔场里的工人也很深奥，可他们单纯、迟钝、变化很少，至少从表面看是这样。除了七爷之外，他从未看见那些人脸上出现过表情，他们总是那木然的、永恒不变的一张张脸。句了想，要是与这些工人相处，他是很有把握能处理好与他们之间的关系的。七爷究竟是如何看自己的呢？他领导着那些工人，他的态度也许就是他们的态度？如果是这样，他又怎么能和工人相处得好？句了让灰元也去渔场，只不过是句调戏的话罢了，灰元是不会去的，他早说过了。从灰元的态度还可以看出，他对渔场是很了解的，说不定年轻时常去渔场，只是现在不去了，还有老婆子也是如此。早年发生在句了眼皮底下的事，他一点都不知道啊。为什么渔场

鱼人

的工人们总能给他一种亲切的感觉,而这个七爷,一旦到了街上就令他厌恶起来了呢?句了记起自己已经很久没有看见过那个大头的工人了,这些日子以来,他也确实很久没像以往那样站在马路边,长久地、痴痴地向渔场里眺望了,他似乎比以前忙乱了许多,但是都在忙些什么呢?回忆使他伤感,他倒不是想回到先前那种平静的日子里去,他也知道那种平静只是表面的,是暴风雨之前的长久酝酿阶段,可毕竟让他缅怀不已啊。那个时候,在他的生活里既没有小贩,也没有老婆子,七爷也只不过是一个一般的熟人,一切都是那样简简单单。那个时候他甚至有一个打猎的计划,为此还买了一支鸟枪放在家中,虽然只是一时的冲动。现在他的生活变得出人意料地复杂了。首先,不论他在自己家中干些什么,总是觉得隔墙有耳。哪怕是出去散散步这样的小事,也往往有人在背后注意他,评价他的行为。其次,他自己的思想也远不如从前单纯了,灰元、老婆子和七爷将他的思路弄得乱七八糟,无形中使他那缓慢的生活节奏加快了。就在不久前,坐在厨房的板凳上吃着面条,他还在设想结局前将发生的事呢,他认为自己的日子已不多了,自己会按部就班地走向那一天,再也不会有意外发生了。可是现在一切全乱套了。

句了等得不耐烦,就打一把伞到外面去走。他不想到街上去走,不想在街上碰见灰元,因为那就像句了是有意去找灰元似的,句了不想给灰元这种印象。句了从菜地边上选了一条小路信步往前走,那天夜里和他说话的那个菜农看见了他,立刻放下锄头,从斗笠下边注视着他,这使他很生气,就将雨伞一偏,挡住那人的视线。没想到那人还不甘心,跟在他后面喊:

"这么大的雨,您往哪里去啊!"

那声音好像在乞求他似的,乞求什么呢?那人又跟了他一段路,见他不回头,只好放弃。这种事，令他又好气又好笑。他自言自语道："摆都摆不脱嘛。"

他在菜地间稀里糊涂地走，一直走到和渔场接界的地方。站在近处看鱼塘。雨中白茫茫的一片，连个人影都不见。风从塘面吹过来，斜飘的雨打湿了他的裤子，他便掉转头，照原路回家，而天色已渐渐暗下来了。快到家时蓦然发现那菜农还站在那里，拄着锄头呆呆地看他走过。句了的腿在湿透的裤管里狼狈地迈动，几乎是逃窜一般地从那人眼皮底下跑了过去。

回到房里换下湿裤子和套鞋，又觉得自己方才的举动实在幼稚，这么大年纪了，到雨里面去疯走，患了重感冒可就完了。也不知怎么搞的，一走就走到鱼塘边去了，幸好没碰见七爷，当时自己那副样子一定不雅观。再一想，自己年纪已经一大把，还这么注意自己的形象，又觉得自己有点可怜。蛾子是不是因为这一点而怜悯自己呢？他真是本性难改啊。隔壁早早地熄了灯，一点声音都没有。在这种时候，他倒希望从她们那边传来些叽叽咕咕的声音，不管她们议论谁，总比这种寂静要好。这种等待落空的感觉，最近频频降临，完全扰乱了他的心境。为什么要有等待的念头呢？这念头是由灰元找他借钱的事引发的，在这件事上灰元显得虎头蛇尾，开了个头就不了了之，似乎将自己先前提出的无理要求忘记了。听人说，灰元缺钱是实有其事，他欠了别人的钱。可为什么他又一点都不着急呢？不但不急，好像还在玩味自己的境况。灰元走到句了这里来，坐在桌边抽烟，那派头就好像在看句了的脸。而句了尽管觉得这事实在荒唐，还是在家里等灰元。句了还能等谁呢？这世上只有灰元对他说过："我还要来的。"

黎明时分句了被隔壁的哭声吵醒了，是蛾子在哭，声音十分尖厉，仿佛内心有难以忍受的痛苦。哭声的间歇里，句了听见老婆子在讲话，语气不像是在劝解，倒像是在煽情。蛾子因而哭得更凶了。在句了的印象中，他的邻居很少有过这种情感的爆发，她们大部分时间是安安静静的，就是心里有怨也只是生一生闷气，小声地骂一骂别人或相互骂对方。从现在的情况看来，"冰冻三尺，非一日之寒"。蛾子大概忍耐了好久了。句了穿好衣犹犹豫豫地到隔壁去敲门，敲了两下，房内的哭声停了，传出老婆子的咒骂。他正要掉头走，老婆子却出来了，阴沉着脸，问：

"有事吗？"

"来看看，蛾子姑娘没事吧？"他巴结讨好地问。

"还是关心你自己吧。"老婆子关上了门。

句了进厨房一会儿，母女俩也进来了，蛾子的眼睛还是红肿着，脾气很大地捅开煤火，将火钳钩子弄得一片大响，满屋子扬起灰尘。老婆子站了一小会儿，掏出手绢捂着鼻子出去了。

句了小心地用刷子掸掉锅盖上的灰，将面条下到锅里,然后站在旁边等。他心里一直在七上八下的,眼睛瞟着蛾子。蛾子生好火,将锅子放在灶上后,就走到门口去了。她一直背对着句了,显然不想同他说话。

老婆子又穿梭似的进来好几轮,东看西看的,却并不帮蛾子做饭。句了坐在小板凳上吃面,这时蛾子停止切菜,在他头顶说话了:

"早上的事你觉得很怪吧?"

"是啊,蛾子姑娘心里到底有什么事,不能告诉老邻居吗?"

"你真的一点都不知道吗?还是不愿知道呢?"她忧愁地说。

"真是一点都不知道,我又怎么会知道呢?"

蛾子"啊"了一声,在板凳上坐下来,垂着头,两手撕扯着自己的头发,说:

"你真是个可怜虫。我告诉你吧,我是为以前的好日子伤心啊。就在几个月前,我还总是和妈妈去

鱼人

菜市场，我们手挽着手，在拥挤的市场里挑选各式各样的小菜，和那些小贩讨价还价，我们总是满载而归。那真是一种自满自足的生活，我们不把任何人放在眼里，因为妈妈是高高在上的。有的时候我们之间也有分歧，发生争执，不过很快又言归于好，结果总是我服从妈妈。现在这一切全丧失了，从前不久的一天起，我突然发现妈妈的眼光里有种对我的鄙视。开始我还没在意，以为是自己神经过敏，后来经过多次证实才知道是真的。我心里不服气，就去问妈妈，妈妈开始不肯说话，最后在我的反复追问下她竟然承认了！你想想看，一个母亲，她竟然鄙视自己的亲生女儿！当时我还抱着最后一点希望，我想，妈妈也许是最近才对我有看法的，一定是我做了什么错误的事。这样的话，只要她告诉我我究竟犯的是什么错误，就会使她改变对我的看法。于是我就问她从什么时候起对我有这种不能容忍的感觉的。她的回答令我大吃一惊！大吃一惊！她说：

鱼人

'我对你的看法从来不曾有过丝毫的改变。'一开始我听了这话还有点高兴,我想,原来妈妈并没有鄙视我。后来再一想,不对呀,她刚刚不是承认了她对我是鄙视的吗?既然她是这样一种看法,而这种看法又从来不曾改变过,这就是说,从我一生下来她对我就是鄙视的。为什么这么多年我一直没发觉呢?我真是个傻瓜啊!你也看得出来,我妈妈是个高高在上的人,虽然有时我和她吵,但我一直是崇拜她的。从前是多么不同啊,那时哥哥也在家,夏天里,我们三人坐在院子里乘凉,妈妈总让我竖起耳朵听,她说她可以听到那边渔场里的鱼在水中跳跃,我和哥哥从来没有听到过,但我们都很兴奋,把这件事看作我们三个人之间的小秘密。那种日子延续了好久,直到有一天,哥哥突然耐不住莫名的烦躁,离家出走了,家中就只剩下我们母女。后来我也离开了,去寻找自己的生活了。不久,我就发现离开了妈妈,我根本不可能有自己的生活,于是

鱼人

我又乖乖地回来了。我回来以后不多时,就看见哥哥时常来家里,我跟踪了他一次,这才发现他根本没有找到自己的生活目标,只不过是在不远的郊区游荡,靠拾破烂为生,他隔一段时间就回来找母亲要钱。我说的这些全是成年以后的事,至于童年,我和我哥哥在那段时间里对母亲的印象是模糊的,她是个冷淡的女人,像影子一样不可捉摸。说实在的,我们没有怎么去注意她。请你设想一下吧,一个女人生下了一双儿女,可是并不怎么喜欢,还有一点鄙视,她该有多么想不通啊。妈妈是个坚强的女人,她什么都不对我们说,把自己的内心掩盖起来,如果不是随年龄的增长而逐渐老练,我至今也无法看出她目光中的那种鄙视,还盲目地认为她对我很满意呢。也许哥哥是先发现这一点的,所以他才对自己丧失了信心,至今仍然一事无成。我告诉你这事,并不是要发泄我对母亲的不满,不,不是这样,我只是想让你知道,她是一个多么不幸的人,内心有多么痛苦，她这些年是怎么熬过来的。也可能你听了毫无感触，因为这些事与你无关。你听见我早上哭，你以为我对母亲有很深的积怨吧？其实我是为她哭。为什么她的命这么苦呢？难道就一点希望都没有了吗？不光为她哭，我还为你哭呢！"

句了问蛾子为什么要为他哭，蛾子就卖起关子来，说："决不告诉你。"她说了这话之后，又意味深长地看了句了好几眼，眼里的那种怜悯更多了。这目光激怒了句了，句了就恶意地对她说：

"我与渔场里的七爷有约会。"

"是真的吗？"蛾子瞪大了忧伤的眼睛，"你今后将怎么办啊？"

"我今后好得很！"句了大声说，"我自由自在，无牵无挂，想到哪里去就到哪里去，想和谁交谈就和谁交谈，这里的人全都很尊重我。有的人不这么想，非要贬低我，为我担忧，还用一些幻想去折磨自己。对于这种人，我并不同情，我要说，他们只不过是自寻烦恼罢了，差不多与我毫不相干的。他们爱干什么，我没有权力阻止，可是我的行动也不应该受他们干扰。蛾子，我告诉你吧，我最讨厌的就是我刚才说的那种人了，我现在真是好得很，蛾子，你小小年纪，怎么会有那么多不切实际的想法，要为我操心呢？"

"我真为你害臊，句了，你在这里大声嚷嚷，吹牛皮，无缘无故攻击人，幸亏妈妈没有听见——一提起我的妈妈，我就对你恨不起来了。她现在的身体是多么虚弱啊，这都是因为你。你却在这里瞎说一气，你说你自由自在，你无牵无挂，你好得很，可是你为什么要说给我听呢？你把这种吹嘘讲给我听，说明你一点也不是处在你所认为的那种状况里，你还不明白吗？"

句了一整天都觉得自己闷得慌，他去了一趟菜场，没看见灰元，买完菜回家，却又和灰元迎面碰上了。灰元站住不动，呆呆地望着他，句了受不了那眼光，首先低下头，挨着灰元擦了过去。在厨房洗菜时，听见隔壁的儿子又回来了，在房里高谈阔论。一会儿蛾子就出来了，来厨房忙碌。句了记得她上次还撒谎说她哥哥去了国外工作，就觉得这女孩子真是信口开河，想怎么撒谎就怎么撒谎。

两个人默默地在厨房忙碌，谁也不理谁。蛾子时不时地侧耳听房里的谈话，脸上红一阵白一阵的，好像因为什么事激动得很，又好像因为有了这件激动的事，根本不把句了放在眼里了，这无形中又使句了有种落寞的感觉。

不知不觉中，句了也开始倾听那青年的话，似乎是，那家伙最近经历了一番风险，但是已经顺利脱身，言语里不无炫耀的味道。那家伙越炫耀，句了就越生气，心想这母女俩真是瞎了眼了，把这样一个骗子当宝贝似的供着，自己却在做牛做马。就在昨天，他还看到老太婆撑着病体在走廊那头糊纸盒，当时自己还想，也许她还只有五十多岁，只是因为太喜欢操心所以样子老得快吧。蛾子也说她母亲对她哥哥不满意，又说不满意归不满意，鄙视归鄙视，他终究是她生活下去的希望嘛。蛾子的逻辑总是这样不可思议。句了正要把做好的饭菜端回房里去吃，那青年说话的口气突然变了，房里的声音就像换了个人似的，他咆哮起来，还摔破了一个杯子。厨房里的蛾子像豹子一样跳了起来，推开句了就往房里冲，句了连忙尾随其后。房间里，那家伙正在暴跳如雷，蛾子跪下去抱住他的双腿，哀求他马上离开，那家伙用力一踢，将蛾子踢到一旁，然后指着他母亲骂些不堪入耳的话。老婆子一直坐在床头发呆，她用两只手撑着床沿，好使自己的腰直起来，她的样子很平静。蛾子正在和她哥哥搏斗，那骨瘦如柴的家伙终于被她推出了房间，推到了大门外，骂骂咧咧地走掉了。随着大门"哐啷"一响，老婆子如梦初醒，对句了说出两句莫名其妙的话，那两句话句了一点也没听懂，所以也没有在脑子里留下印象。这时蛾子已经回来了，气喘吁吁，满头大汗，激动得说话断断续续，她将她哥哥称作"疯子"，说他这回是真的走了，不会回来了。蛾子说着话，眼泪就掉下来了，句了闹不清蛾子究竟是为她哥哥还是为她母亲掉泪，他觉得她完全没有必要如此感情冲动。老婆子仍然坐在床头想心事，灰色皱缩的小脸上似乎还浮出了一丝笑意。她用干枯的手抚摸着蛾子的头，好像抚摸一只小狗似的，只是有点心不在焉。句了从她脸上一点也看不出有什么鄙视的表情，他想那一定是蛾子神经过敏，两个人单独相处久了发生的幻觉，蛾子干吗要那么偏激呢？

句了后来在院子里遇见老婆子，老婆子又对他说了那两句话，这一次，句了终于听清楚了，因为老婆子是一个字一个字冲着他的脸说的。她说：

"他走出此地就会陷入绝境，坚守阵地是唯一的出路。当然出路只是象征性的，我们并不要出路，只要维持一种统一。"

"您的儿子并不将您放在眼里。"句了轻轻地说。

"谁会把我放在眼里呢？谁也不会。谁来擦亮他们的眼睛呢？不可能的事。谁来收留这些流浪的孩子呢？没有人收留。"

句了想，这老婆子正在将她脑子里的思想讲出来，自己最好不要打扰她。看着她走路摇摇晃晃的样子，句了又一次感到她已到了风烛残年。

"……但是他们不需要别人来擦亮他们的眼睛，因为他们什么都看得见！他们也不需要别人收留，因为流浪是他们的天性！"

老婆子使句了十分震惊。她看着句了继续说道：

"只有你，只有你是我所担忧的。你什么都看不见，你是此地唯一的盲人。有好多次我看见你站在马路边观察那个渔场，然后你走了回来，两眼空空。要知道，我们可不是偶然成为邻居的。"

"从前到底发生过什么呢？我真是被蒙在鼓里啊。"

鱼人

"那种事已经不可能知道了,连我都忘记了。有时我在糊纸盒时也竭力回忆过,关于我们是怎样成为邻居的那件事。的确发生过什么,是一件不寻常的事,可是记不起来了,那时蛾子还小,所以她也没有任何印象。"老婆子说完就摇头,忽然对句了很生气。

句了看见她怒气冲冲地转身就走掉了。

到了夜里蛾子又哭了起来,绝望而凄厉,她一停下来,老婆子就斥责她,于是她又哭。房里是坐不住了,句了觉得周身难受,而外面正在下雨。句了穿上雨靴,打着雨伞,漫无目的地往外走。雷声隆隆,弄得他一阵阵心慌。每一年雷声带来的早春气息都要在他内心引起恐慌,他穿过菜地,来到马路上,一个人影挡住了他的路,是那个菜农。

菜农举着雨伞,手里没提马灯,所以看不清他的脸。

"我在这里等您好久了,七爷嘱我和您一块去他那里。"

"你怎么知道我会去七爷那里?我不过随便走走。"

"不要掩饰自己嘛。您怎么能不去七爷那里呢?凡是去过一次的,就免不了要再去,即使心里知道没好处,脚还是往那种地方迈。随便走走,能走到哪里去呢?当然就走到渔场里去了。这种事,我们还能看错!"

"真奇怪,这些天我一直在想,真奇怪,怎么大家都这么敏感呢?"

"有什么奇怪?因为这条街就在渔场边上嘛。您当初怎么挑中了这么个地方定居下来的,还记得吗?"

"我好像没怎么挑,一切顺理成章。"

他们说着话就已经下了马路,踏上了湿漉漉的塘边小道。句了将雨伞举得高高的向前看,看见了那些闪闪烁烁的灯光。所有的平房全亮着灯,像有什么重大的事要发生似的。句了在前面走,那菜农跟在后面,口里一直在叽叽咕咕地自言自语,听不清他说些什么。句了想着刚才的事,将菜农的话和老婆子的话联系起来,好像悟出了一点什么。也许当初他来这里定居,的确是有一些他自己不知道的原因在背后起了决定性的作用?是一些什么样的原因呢?

七爷的房里却意外地没有亮灯。七爷站在房前的黑暗里一动不动,双臂在胸前交叉。菜农抢在句了前面走近七爷,悄悄地在他耳边说了句什么,七爷哈哈大笑。

所有的房子里都开着灯,那些房门一个接一个地打开了,将亮光投在屋前的坪里,房里的人都走到门口来探望。七爷的房门关得紧紧的,他也没有要邀请句了和菜农进去的意思,他站在屋檐下一言不发。句了和菜农站在雨里举着伞,就像两个不受欢迎的不速之客。句了在心里认为是菜农和他一起来了,所以七爷不高兴了,这个菜农真是个讨厌的家伙,自己竟会昏了头让他跟在屁股后头跑,雨渐渐大了,溅在鞋子、裤子上,句了感觉裤腿冷冰冰的。

"到福裕家去看看吧,他快死了。"七爷忽然开口了,口气很庄严。

名叫福裕的中年男子在床上呻吟着,他的脸转向墙壁,身上盖着一床破毯子。

"他得的是风湿性心脏病。"七爷说,"这个人就是我对你说过的只和鱼谈话的人。"

那汉子忽然翻转身来,将脸朝着他们三人,句了认出他正是那个大头的汉子,句了在寂寞的时光里观察过无数次的人,现在他正在痛苦地喘息,那双多肉的大脚从破毯子里伸了出来,不停地抖动着。七爷凑上前去,用手摸了摸他的前额,他立刻安静下来了。

"这家伙总算完蛋了,他一直在和这世界过不去。"七爷若有所思地说。

"完全不是这样,"句了小声说,"我观察他很久了,在白天里的阳光下,他和渔场的一切是那么和谐,他总是歪着头在倾听,我盼望他活下来。"

七爷冷笑了一声,注视着床上那一堆,慢慢地吐出这句话:

"他一定会死。"

福裕一直在盯着七爷看,听到他说出这句话之后,脸上痛苦的表情立刻舒展了,就好像放下了一桩心事,接着他闭上了眼睛。

菜农走向前去,嫌弃地用手拨弄了一下那床毯子,冒里冒失地一掀,使得福裕的腿全露了出来,那腿上爬满了曲张的静脉,像一堆堆蚯蚓。句了忽然感到义愤填膺,他将菜农一推,推得他向后打了个趔趄,然后冲过去帮福裕盖好了毯子。就在他帮福裕盖毯子的一瞬间,福裕睁开了眼睛,瞪了他一眼,然后疲倦不堪地重新闭上了眼。

"他要死了，这心胸狭隘的家伙。"七爷又说，"他就是因为心胸狭隘才不和人说话。"

句了浑身开始颤抖，可能是房子里的氛围所致，也可能是被雨弄湿的裤子穿在身上导致了伤风。他的两排牙齿也开始碰撞。他仿佛觉得不是床上那人，而是自己快死了。他的腿一软，胡乱往旁边一倒，正倒在菜农身上，被他结实的双臂一把扶住。菜农将他搡到床边坐下，就坐在福裕的肚子上，他很想挪开一点，可是没有力气，只得就那样歪在床头，老式木床的架子将他的头部硌得生痛。

"柜子里还有一床毯子，给他盖上吧。"

句了听见七爷说话，然后是开柜子的声音，一床很硬的、像毡子一类的东西盖在了他身上，连他的头都被蒙住了。他不由自主地从床头滑下来，倒在床上，他的身子下面是福裕的腿，那腿冰冷，一动也不动。七爷又和菜农说了几句话，他们俩熄了灯，关上门出去了。句了在硬邦邦的毯子下抖得厉害，他想从福裕的腿上挪开去，就拼力一滚，滚到了床里头，再把毯子扯过来裹上。黑暗中，他看见福裕的腿在慢慢地拱起来，破毯子在床中间形成了一座小山。句了竭力缩成一团，想少占些地方，伤风使得他全身骨头酸痛，在寒热的颤抖中，他的脑子里幻象不断，他不停地回到从前的日子里。那时候，福裕对于他还是一个永恒的、亲切的谜，单单是福裕那背着鱼网慢慢行进的背影就会令他感动不已；还有那双踩在泥地上的多肉的大脚，指头分得很开，皮肤往往呈紫色，即使是随便看一眼，句了也会认出那双脚来。现在这双脚就在他面前了，给他的却完全是另外一种感觉，他害怕与这冷冰冰的东西接触，他想爬起来离开这里，又没有力气做这件事，于是只好可怜巴巴地缩在床里面。

"什么人在床上？"

福裕忽然在那头讲话了，声音很尖，像假嗓似的，句了吓了一大跳，连气都不敢出。这可不是他想象中的大头男人的嗓音啊。

"什么人在床上?"他又问道,还顿了一顿脚板,弄得床铺吱吱呀呀地响,"我知道了,是来偷鱼的。已经好多年了,他一直在那里张望,总想趁我不备就偷鱼,可是他没有胆量。全是七爷的错,把贼引了进来。七爷!七爷!"他尖叫起来,他的声音使得句了全身直打冷战。闹了一阵他自动安静下来了,又开始痛苦地呻吟。那是无法忍受的痛苦,谁也帮不了忙的痛苦,临终者最后的挣扎。句了恐怖地意识到,大头男人终于要死了。床上的那座小山渐渐平复下去了,呻吟也越来越微弱。句了的伤风也在渐渐地缓解,他还是不敢动。他在极度的疲乏中沉入梦乡,梦里有个黑影要来扼他的脖子,于是扭打起来,弄得全身是汗,衣服全湿透了。有好几回那人就要得逞,他使尽全力踢那人的肚子,那人的双手忽然就变得软绵绵的,松了开来,也许是他踢中了那人的要害部位。刚刚松一口气,已经倒下去的那人又摇摇晃晃地扑上来,句了的双脚又一顿乱踢,将那人踢退,如此反复。那影子消失时,他已打起了鼾,可是他无法入睡,因为有盏聚光灯照在他脸上,还有人在他耳边说话,他只好从睡眠里挣脱出来。原来是七爷和菜农在用一支手电照他的脸。

"外面的雨已经停了,我们回去吧。"菜农指了指黑漆漆的窗外说。

"这个人,这个福裕,他死了吗?"句了问道。

"你说到哪里去了,"七爷冷冰冰地回答,"怎么会死?他夜夜都这样。"

句了从床上爬起来,越过福裕的身体,下了地。福裕一直睡在床上没动,句了从他上面爬过去时也没有碰到他,他静静地躺在毯子下面,就好像消失了似的。句了站在黑暗里想:那个人到底还在不在床上呢?

七爷回到自己房里去了。这一回菜农走在句了的前面。

鱼人

"七爷告诉我,刚才那种事其实是不允许发生的。"菜农的声音飘荡在鱼塘上空,显得很虚假。"他说怎么能让您接触到福裕那种人呢?我也一直认为这事不可能,可是谁也不能保证一些不可能的事不在黑暗里发生。我想,既然是在黑暗里发生的事,就可以不算数,福裕本人是不会承认与您有过接触的,而我和七爷也没有看见,就算您要对人吹牛说有这件事,我和七爷也会反驳您的。所以说,那种事是不允许发生的。怎样解释七爷的举动呢?七爷不是有点自相矛盾吗?您完全可以说,七爷在渔场里闲得无聊,想出了一个消遣的好办法,这就是让您和福裕接触。如果他真是这样想,他为什么要选择夜里来做这件事,而且熄灯呢?我完全可以断定,您并没有真正接触到福裕,您看见那床上有一个人,您认为他是您印象中的某个人,您还说您'认出了他',可是后来灯熄了,房里黑乎乎一片,您自己又正好被伤风弄得神志不清,您在床上乱抓一通,碰

鱼人

到了一条腿、一只胳膊，您就认为那是福裕的身体，这不是太荒唐了吗？也许那个人早就跑掉了，您抓到的不过是那些破毯子，这种可能性最大。今天夜里我陪您来这里，并不是满足我自己的好奇心，我根本就没有好奇心。有一件事对我来说早已不是秘密，这就是渔场工人们的内心不是我们街上的居民可以了解的，更不要说接触他们的身体了。我们只能远远地观察他们，不，应该说，我们天天看见他们，却并不仔细观察，因为我们这些街上的人对他们完全没有兴趣，因为我们对他们太熟悉了，他们只存在于我们的想象中，正因为想象得太多，反而看见的时候失去观察的兴趣了。为什么陪您去见这些人呢？您在我们当中是个例外，您总站在马路边向那边张望，并且将看到的一些表面现象做出自己的解释，以为自己与他们之间有接触的可能性，甚至狂妄地认为自己可以了解他们的内心。我知道您这些日子烦躁不安的原因，您急于要证实您内心的想法,您的这种狂妄使得我和七爷都有点生气,于是我们三个人就在这里会面了。我和七爷虽是两种完全不同的人,我们之间却是有默契的,就像所有街上的人与渔场工人之间的那种默契一样。不久前的一天夜里,您穿过我的菜地往马路上走,您后来在马路上遇见七爷,您以为,这一切都是偶然的吗?七爷对您的看法和我对您的看法都是一样的,我们街上的人虽然不和渔场工人接触,但对所有的事都有一致的观点,这种情形由来已久。在平时,我们与他们几乎没有来往。我还要告诉您一件事,我从前也是一个渔场工人,那时我很年轻,我忍受不了这里那种死一般的寂静,就跑了出来,在外面流浪,后来我回来了,但不是回到渔场,而是回到街上,找些零工做,最后才开辟了这片菜土,以卖小菜为生。所以我,先前是和七爷生活在一起的,我的底细七爷一清二楚,七爷对我的看法并不好,他欣赏的是福裕那种类型的人,他表面上做出鄙视福裕的样子,实际上他最欣赏的就是福裕了。他心里看不起的是我,他想让我在福裕面前自惭形秽。不,我无法像福裕那样生活,很少有人像他那样成年累月地沉默的,大家都把他看成一条鱼。我觉得七爷在本质上和这个福裕也很一致。白天里他去街上游荡,到处与人接触谈话,其实只不过是物色他的猎物。我们大家都懂得他的心思,只有您不懂,所以您就成了他的猎物。我要告诉您,七爷绝不是您想象中的那种人,他的全部生活都在这个渔场里,他是一个您无法理解的老家伙,就是这样一个人现在盯上了您。"

菜农说完这些话,他们已经走上马路了。远远地,路灯下面有个穿白衬衫的人站在那里,那人没打伞,就任凭毛毛细雨淋在他身上。走到近前,才知道是灰元。

"您看,大家都在关心您的事呢。"菜农戏谑地说。

灰元一声不响地跟在他们后面。菜农回家后，灰元还是跟在句了后面，句了进屋他也进屋，自己找了张凳坐下，用手擦着淋湿的脸。句了递给他干毛巾，他用来擦擦手就放下了。

　　"因为欠了账，他们要收我的房子了。"灰元说着这话，脸上却浮着不相称的笑容。

　　"那么你怎么办呢？那些人真凶狠啊。"句了的眉头深深地锁了起来。

　　"真抱歉，深更半夜闯到您家里来。您不要为这事着急，车到山前必有路，这事嘛，总会解决的。"他迟钝地转动了两下眼珠子，又垂下了眼皮。

　　"该着急的是你，你反倒来安慰我。我现在才弄清你这个人的脑子真的有问题。并不是我没房子住呀。我退了休，粗茶淡饭不缺，可以一直这样维持到死，也不会有人上门逼债，我急什么呢？"句了烦躁地看着他。

　　"真的吗？"小贩慢吞吞地说，"您心里真的什么包袱都没有吗？真是这样，您为什么深更半夜外出呢？"

"是你要被人赶出房子！你要遭难了！你心里怎么就不开窍啊！"句了大喊大叫了起来。

"不要着急，您千万不要着急，没有过不去的河。"灰元站了起来，走近句了，他眼里充满了对句了的怜悯，这眼光既使句了愤怒又使他震惊。

"你说你有什么办法？你要成为讨饭的乞丐了！你去睡别人的屋檐下吧！"句了恶意地说出这些话，只是为了让灰元明白自身的处境。他心里乱极了，只觉得这小贩在胡搅蛮缠，恨不得马上赶他出门。

"这事不会像您说的那么可怕。难道就没有一个人收留我吗？比如说您，如果出现那种情况，您是一定会收留我的。"

灰元平静地说出这几句话之后，句了就沉默了。他的心里很乱，他搞不清自己的情绪。这个小贩，这个几十年来他既不讨厌也不喜欢的人，现在要来破坏他的安宁了。灰元是故意制造圈套,还是不得已而为之呢?当然他也可以很干脆地拒绝面前这个人,可是一切难道会这么简单吗?句了的目光穿过敞开的窗户,看到外面黑黑的夜空,那夜空下面,靠右前方,是沉睡的渔场所在,那是另一个世界,那里的一切喜怒哀乐全是另一样的,他现在还不想到那里去住,他只是不时有去那边看望的冲动。因为他在街上也得不到真正的安宁。他第一次深切地体会到,安宁是永远失去了,再也不会回来了。他无法预料最近他生活中的骚乱要把他带向什么地方。他的心里有个声音告诉他,完全不必拒绝这个小贩。于是他又将目光落到小贩灰元奇瘦的脸上,再一次与灰元那充满怜悯的古怪眼神相遇。

"没有过不去的河,您不必多想,我马上搬来与您同住。"

他的口气似乎很体贴,又似乎有种居高临下的傲慢,句了不知道要怎样来理解他,于是深深地叹了口气，好像是同意了小贩的要求。灰元的身影悄悄地消失在夜半的雨声中。句了百感交集地上了床，他一直胡思乱想，直到天明才昏昏睡去。他睡到中午才醒，是被一种瓷器掉落水泥地上的声音弄醒的，似乎有很多瓷器破碎了。句了清醒之后，便听见了隔壁的争吵，而且清楚地听见老婆子说到他本人的名字。蛾子尖厉的哭声响彻了整栋大房子。句了记起老婆子对他说过的话，当时她说她们与他不是偶然成为邻居的，而且过去还发生过一件事。老婆子当然不是乱说，句了感到自己已经脱不开身了，有一个大的阴谋笼罩在他的日常生活之上，而他是孤独无助的，因为这，蛾子和灰元眼里才流露出怜悯的吧。句了回想起自己的一生中从未想过要求得别人的帮助，他把身边的亲人一个一个全赶跑了，为的是求得一小片宁静，因为别人的帮助就意味着生活中的骚乱。本来他已相当满意了，而那个神秘的阴谋也在此时初显端倪了。原来他认为灰元这个人与他毫不相干,完全没料到事情急转直下,这个人竟要来与他捆在一起了,命运究竟开的是什么玩笑呢?假如现在自己已经与灰元捆在一起的话,在共同对付阴谋这方面也许会给自己某种益处吧,因为灰元说过:"没有过不去的河。"也许与灰元捆在一起是件好事呢?句了在床上设想自己与人同住的情形,依然觉得十分别扭。然而灰元既可以看作他的同伙,也可以看作是那阴谋的一部分。灰元不是单独去过蛾子家里吗?灰元看自己的目光不是与蛾子一模一样吗?

他昏昏沉沉地到厨房里去做饭时,蛾子也进来了。蛾子说她已经吃过饭了,就搬了一张小板凳坐在句了旁边帮他择小菜。蛾子有心事,她突然就眼圈发红,向句了诉说了她青年时代的事(她现在也不老)。

"我妈妈根本不是一个慈祥的母亲,我想你也早就看出来了，差不多可以说她是个心肠冷酷的母亲，她一直在利用我和我的哥哥。"蛾子说着就落泪了。

"这个我早知道。我只是不能理解，为什么你要那样维护她呢？"句了和蔼地说。

"啊，这是另外一回事。怎么能不维护妈妈呢？我的一切不都是她给的吗？要是没有了她，我真不知道我是不是还能活在这世上。难道能不听妈妈的话吗？你一点都不了解我，只是遵循那可恶的惰性来想事情。你不知道，我曾经经历了什么样的艰难困苦啊！如果没有妈妈，我是根本无法挺过来的。我的话的意思并不是妈妈和我意见一致，支持我。不，不如说她在所有的事情上都是反对我，要与我作对，要嘲弄我的。那时我找了个开洗衣店的小贩（我们街上的姑娘都只能找小贩结婚），我沉浸在对美好生活的向往里，脸上泛出青春的红光，而妈妈，你想得出妈妈是怎样看待我的婚事的吗？她在一旁冷笑。不久我就受不了她的态度，赌气和那小贩私奔了。当时我认为母亲是自作自受，后来我才发现，自作自受的是我自己。我离开母亲后，脾气、性格就彻底变了。我疑神疑鬼，总觉得我丈夫要谋害我。他在前面店里熨衣服，我在后面照看洗衣机，我一点安全感都没有，老是觉得他会举着熨斗冲到后面来，将滚烫的熨斗砸到我的头上。有时他和我说话，我忽然就全身发抖，手里的东西掉在地上，把他气得暴跳如雷，他一生气，我就更害怕了。后来我终于什么活都干不了，只能成天坐在家里发呆。终于有一天，仿佛在梦中，我收拾了自己的几件衣服，偷了那小贩的一些钱，就悄悄地离开那里，坐火车回家了。我回到家，发现妈妈一点都没变，还是老样子，只是她并不赞成我回家，因为哥哥把她的钱都拿走了，她无法养活我，可是她也不赞成我回D市。她不向我指出任何出路，她就是这样一个人。我不知道应该怎么办，而她整天在家中数落我的不是，将那小贩说成是一名逃犯，说是真没想到自己的女儿会跟一名逃犯走掉。她每天这样数落我，拣难听的话说，她似乎有无穷无尽的精力。这期间哥哥也回来过，他将妈妈的最后一件首饰偷出去变卖了，妈妈明明知道是他干的，也不去追究，只是在家里狠狠咒骂他。时间一长，我渐渐习惯了这种挨骂的生活，我还发现，妈妈骂人的时候有种表演的成分，她目光炯炯，脸上的表情非常生动，有时还打手势。我就想，也许这就是她所向往的生活？她生了我们这一对没有用的废物，现在自己老了，我们不能养她的老，反而要她养活。她又干又瘦，风都可以吹得倒，却还要每天糊纸盒，为的是我和哥哥有饭吃。她这样做并不是被迫，开始我以为她是被迫的，后来我才知道自己弄错了。她只是装出一副被迫的样子，其实她很愿意受苦受累，很愿意养活我和哥哥这两个吃闲饭的家伙，为了什么呢？就因为我们是她的精神支柱。她控制了我们两个人，不论我们在她面前还是远离她，情况都不会有所改变。当然她更愿意我们在她面前，这可以给她一种实实在在的感觉。她这种控制的权欲有时使得我们很怨恨，哥哥就是因为怨恨逃离在外，什么工作都干不成，成了一个二流子。他偷妈妈的钱也是出于怨恨。那么，是不是我们都很仇恨妈妈，一心要离开她呢？又完全不是这样。我们这种怨恨是儿童对母亲的怨恨，我们都明白离了妈妈自己就无法生存，虽然妈妈是那样弱小、干瘦，在我们眼中她却力大无穷，什么都能办得到。这些年，怨恨在哥哥的心中越积越多，他时常跑得远远的，一连几个月都不回来，想以此来刺激妈妈。他一回来就把我们糊纸盒赚的钱全拿走。你也看到了，每次哥哥回来我们家都像过节一样，而结果总是一样：他和妈妈闹翻，扬言永不回家，以此来伤妈妈的心。我知道妈妈最在乎的是哥哥，所以在这种时候，看到妈妈因为哥哥而生病，我心里的那点怨恨就慢慢化解了，真的，有时我心里充满了对她的爱，觉得她真是个伟大的母亲。前不久妈妈又大病了一场，我真担心这一次会要了她的命。每天早上，我看见她从床上勉强挣扎起来，然后摇摇晃晃地走到院子里去，我的眼里就盈满了泪水。她真是一个坚强的女人啊，为什么她的命这么苦呢？她还是经常骂我，她骂起人来总是那么有精神，有时骂得我眼泪直流，可是即便是这样，我对她的爱也还是超过了对她的怨恨，我时刻被担忧折磨着，我总是梦见她死了，离我而去了，那种绝望是没法形容的，就像一个人被放进了棺材，钉上了盖子，然后埋进了深深的土中，在永恒的黑暗中被窒息。我不断地做这种梦，我在梦里声嘶力竭地对妈妈喊叫。我相信哥哥的内心也和我一样，只不过是男人更爱面子，不愿表现出来罢了。其实他更痛苦，也更胆怯。我不知道他在外面是如何生活的，我敢肯定他从未做成过哪怕一件小小的工作，恐惧使他丧失了所有的能力。他东游西荡，不敢和任何人接触，只有这个家是他的避风港，而这个家又恰恰是他最想逃避的。他一回家就对母亲发泄愤怒，发泄完了就走，每次都是如此。有时我也觉得他太过分了，想和他吵几句，他就反问我说：'蛾子你想一想，是谁把你变成这样子的？你对自己的现状很满意吗？'我就被问住了。当然，我对自己的现状一点也不满意，我也知道是妈妈把我变成这种样子的，心里很怨恨，可是吵闹又有什么用呢？万一妈妈死了呢？妈妈死了我们也只有跟着去死。也许哥哥吵一通之后心里就轻松了好多，只是妈妈被他弄得越来越虚弱，过不了多久，那场大的灾难就要降临到我们头上了。于是我越来越提心吊胆了。今天早上，妈妈又骂我了，是因为你的原因而骂我，我不能告诉你是什么原因。她一生气就晕了过去。啊，我多么害怕，我多么害怕！"蛾子用力揪着自己的头发，说不下去了。

"小贩灰元要来和我同住了。"句了一边将滚沸着的稀饭端下来一边说。

"我们早知道这件事,这是意料之中的。"蛾子抬起眼泪巴巴的脸,"是妈妈要他这样干的。你近来的行为越来越令人反感了。"

"如果我不同意他来住呢?"

"我不知道后果会怎么样。怎么能违背妈妈的意志呢?你虽然不是我们家里的人,可我们在一起做了这么多年的邻居,妈妈早就把你看成自己人了。凡被她看成自己人的,都无法违背她的意志。比如灰元,最近也成了自己人,我明知他以前是一个贼,也得与他打交道。我不知道妈妈是如何想的,也不敢问她,要不她就会生气,把身体搞得更坏。现在我要走了。妈妈还躺在床上呢。"

句了一口接一口地喝着热稀饭,一会儿头上就开始冒热气,伤风也减轻了好多。他思忖着蛾子说的这一大通话,想从她的话里头找出哪怕一点点与他当前处境的联系来。蛾子说她是为她妈妈而生活的,这一点句了已经看出来了。但那老婆子却并不是一个权力狂,至少从表面看不是。她心甘情愿地为儿女的生计操劳,差不多是为他们做牛做马,这种非人的生活已经使她变成了一个空壳,不论谁看了都会认为她非常凄惨。句了想,这一家人为什么要这样同自己过不去呢?似乎一切根源都在老婆子身上,这老婆子真是一个谜啊。在蛾子向他诉说以前,他不知道这个健壮的姑娘内心竟是如此地怯弱,也不知道自己和老婆子有什么关系。老婆子究竟为什么事生自己的气呢?也许是因为他往渔场里跑;也许是因为他和灰元之间的事;也许都不是,却是为了多年前的一个什么神秘的原因。句了感到奇怪的是,他和灰元,和这一家人的关系密切不过是最近的事,他的新鲜感还没过去,而他们,却把这事看作一件早就发生过了的事,就仿佛他们之间一直都是相互制约的,这些年从来也没有改变过。他们的言谈,他们对他的态度都表明了这一点。句了想,只要自己从今以后关起门来,再也不理任何人,他与这些人之间的麻烦就会消除,他就会恢复到从前的平静生活。自己抱定不接触的宗旨,他们就无法制约他。要做到这一点,自己首先要打消对渔场那边的兴趣。他知道每次他去那边,蛾子和老婆子的眼睛都盯在他后面,或许就是这件事导致了灰元要来与他同住,灰元如果真是老婆子派来的,那也是老婆子为了掌握他的行踪而这样做。句了回忆起大头福裕那种痛苦无望的生活,玩味着这两个夜晚所给他的印象,身子又开始了那种轻轻的颤抖,止也止不住。"渔场里夜半的风景真是美不胜收啊。"他轻轻地对着空中说,还打了一个寒噤。当然,对渔场的兴趣是他生活中唯一的兴趣,他一直在幻想着关于大头福裕的种种事,这种幻想多年前就开始了。从前的一天他站在马路上,看见大头赤着脚在鱼塘边行走,厚实多肉的背绷在衣服里面,他就设想过这个人夜里潜伏在他家后院的情形。后来他又多次将大头设想成街上的一名流浪儿,这个流浪儿被七爷收留，做了渔场的工人。即使是昨天夜里，七爷故意让他目睹了福裕个人生活的真相，他对福裕的幻想仍然没有停止。大头福裕在白天里太阳下的那种沉默对于句了总是具有无穷的魅力，令他遐想联翩。原来于不知不觉中，句了的生活已形成了模式，哪怕与所有的人隔绝，他也还是抵挡不了来自渔场那边的诱惑啊。句了明白了，如果他要保持对旁边这个渔场的兴趣，他就得接受灰元和老婆子对他的生活的干扰。原来事情竟会是这样，也许这就是老婆子所说的那个神秘的原因，促使他在这条街上定居下来的原因？只因为街道紧挨着大而荒凉的渔场？这种推理似乎过于牵强了一些。句了近些年记忆力衰退得厉害，多年前那些事情的印象在他脑海里越来越稀薄了，有的时候竟会有这样的幻觉，认为自己是生在这条街上，从来也没有离开过。这种可能性是没有的。但是真的完全没有生在此地的可能吗？句了开始胡思乱想，他设想自己是在孤儿院长大的，不知道自己的父母是谁，关于记事前的那段生活也没人给他一个确切的描绘。孤儿院是否在那段时间里搬迁过呢？莫非孤儿院是从此地搬走的，莫非老婆子做过孤儿院的保姆？句了越想越离奇，忍不住的哆嗦使他有点难受，他将洗干净的碗放进碗柜，离开了厨房。

坐在家里心中疙疙瘩瘩地想着那些往事，怎么也提不起精神来。他像与谁争吵似的大声说："我有退休金，生活不用操劳，身体也没有病，这世上没有什么值得我担心的事。"

"句了真想得开呀。"蛾子讽刺的声音在背后响起。

"蛾子怎样看待我的处境呢？"句了转过身来说，又开始哆嗦了。

"你的处境？我没想过，我为什么一定要来考虑这种事呢？我关心的是妈妈，妈妈刚才总算又睡着了，我才能到这里来见你，和你说话。"

句了看见蛾子的眼圈又是红红的,大概她刚才又哭过了。

"我的心底也知道,妈妈这种人,身心都十分坚强,不会这么快就死的。现在请你想想我的处境,还有我哥哥的处境吧,我们才是被吊在悬崖上的两只小动物呢。她总有一天会死的,她一死,我们全完了。昨天我又碰见哥哥喝醉了酒,他在外面捡破烂卖了些钱,就用那些钱喝了酒,他是因为害怕才这样干。这件事也给妈妈很大的打击,再加上你的事,妈妈就病倒了。刚才我还想,即使是母亲这样坚强的女人,也会在哪一天倒下去再也起不来的。"

"你们一家三口能不能停止相互折磨呢?"我停止了哆嗦,冲口而出。

"你把这种事看作折磨,是因为你一点都不懂得我们。你已经和我们住了这么久,还是什么都没有看出来。你心里想的,就只有退休金和房子这一类的事,别的你都不担心,都把它们忘记。现在我要带你到院里去看一样东西,你看了之后不要想不开。"她拉着句了边走边说。

早春的太阳照着小小的院子,一根绳子上挂着很多衣服,是蛾子早上洗的。隔壁的小围站在那里吃饭,看见句了来了掉头就跑。

"你要给我看什么东西呢?"句了问。

蛾子忽然忸怩起来,看着自己的脚尖半天不说话。

"并没有什么东西要叫你看,只不过想提醒你以后去渔场那边要小心点,会有不好的结果的。事情总是这样,一开始图新鲜,一味地结识一些不该结识的人,到后来就有不好的结果了。这并不是要阻止你。"最后她郑重地说。

"原来是这样,你们并不是不关心我的处境嘛。"

"完全不是你想的那样,我为什么要关心你的处境呢?我是提醒你,我这样做是出于自己的考虑。你太夸大其词了。有时候,我的确关心你,可那也

鱼人

是为了妈妈,你不会明白这种事的。"

句了看见有一个人从屋角那边伸出头来张望,不由得很不自在。

"那是灰元,母亲叫他来的,他总是出其不意。现在你回去吧。"

他回到房里时,小贩灰元已经在进门处架了一张临时床,现在正在铺床,他的放火焙鱼的大篮子扔在床边,房里弥漫着鱼的气味。

"你不要担心,我只是晚上来您这里睡,白天我很忙。"

句了设想与灰元共度夜晚的情景,有一种新的东西在他心头悄悄地萌生,烦恼渐渐游离开去。灰元动作缓慢地铺着床,句了就站在那里幻想。

"你听得清隔壁在说些什么吗?"句了问灰元。

"还能有什么别的事呢?"灰元说话时眼珠藏在大而薄的眼皮下面。

"原来你们早就串通一气了呀。"

"胡说。"

灰元走了好久，屋里的鱼腥味还是那么浓。句了记起七爷和福裕的房间里也是这种味道，他们之间的区别只在于那两个人是住在渔场里的养鱼人，灰元则是去大河里捕捞小鱼的小贩。现在这个沉默的小贩搬到他家中来了。灰元会不会和自己一道去那边渔场呢？似乎会，又似乎不会，句了的幻想连绵不断。他的生活最近总是和鱼连在一起，鱼真是一种特别的动物啊。句了往钢丝床上坐下去，床垫硬硬的，麻布面子的枕头却又大又蓬松，他将它拿过来在手里掂了掂，枕芯"啪啪"作响，他又将鼻子凑近去，便闻见了火焙鱼的气味。原来枕芯里面是焦干的小火焙鱼！句了不禁哑然失笑，心想灰元这家伙真是别出心裁。恐怕就是睡着了，也在做着关于鱼的梦吧。不久前灰元还对句了说渔场里那种地方最好少去，可见灰元对那边是十分熟悉的。沿着这条思路想下去，句了就觉得灰元和老婆子都是过来人,他们定居在街上辛苦地维持生活,因为早就洞悉了那边的秘密。

灰元回来时,句了已经入睡了。他没有开灯,轻轻摸摸地上了床。句了在蒙眬中听到他的枕头发出"吱吱嘎嘎"的响声,也听到隔壁母女俩在黑暗里的低语,这两种声音夹杂在一起,使得句了怎么也进入不了深沉的梦乡,有好几次他都快醒了,却又怎么也醒不过来。那两种声音既干扰着他的睡眠又有催眠作用,他甚至清晰地听见了隔壁的谈话内容,那些内容涉及他本人最近的活动,他挣扎着想要醒过来时,谈话声忽又变得隐隐约约,他又被更大的瞌睡所征服。小贩夜里也似乎一刻都不得安宁,句了甚至在梦里对他枕头里的干鱼发出的响声找到了一个很好的比喻,他还想起了自己与鱼结下的不解之缘,在梦里感动得流了几滴泪呢。到他终于醒过来时,灰元已经不在那边床上了。

从窗口望出去,看见灰元正在走廊上补鱼网,他垂着头，动作一点也不麻利。句了经过他身边到厨房里去的时候，他忽然开口了：

"蛾子的妈快死了。"

句了回过头来，看见他还在若无其事地干活。

"我明明听到她们夜里在谈话，整整谈了一夜。你当然也听到了。"

灰元抬起头鄙视地看了他一眼，句了在他的目光下脸涨得通红。

灰元走了以后好久好久，句了还没有回过神来。奇怪的是他虽然夜里并没有怎么睡着，现在精神却很好。一直到他吃完早饭，蛾子才蓬着一头乱发快快地进厨房来。她的眼皮肿得厉害，动作也不如往常有生气，拖拖沓沓的，像个有病的人。她将盛了水的壶放到火上，就发痴地看着句了，心中似有千言万语要向他说。

"妈妈快不行了，因为哥哥昨天又做了不好的事，她伤透了心。"

"你们昨天夜里说了一夜的话,我觉得她精神相当好嘛。"

"那是妈妈在向我交代后事,因为只有我是她所信赖的。"蛾子说到这里眼里一下子放出自豪的光彩,把句了弄糊涂了。"对于我和哥哥,她倒没什么放心不下的,她说我们反正就是这个样子了,出不了什么大问题。她唯一放心不下的是你,所以整整一夜她都在和我谈论你的事,我们为你设计了一个又一个的方案,然后又一一推翻,妈妈在假设这些事当中变得十分活跃,说起话来就像小姑娘一样,那就是你认为她精神相当好的原因吧。可是我却知道她在消耗着自己,蜡烛快要烧完了。句了,你和我们做了多年的邻居,我要坦白告诉你,只有妈妈知道你的底细,包括连你自己都不知道的秘密。那些事,妈妈从不曾透露,所以我也一直在猜测。"

蛾子将开水灌进水瓶,提到房里去。句了就跟在她后面。她有很深的心事,步子无精打采的。开了门，句了看见老婆子精神很好地坐在床上，她上身穿着那件黑袍，被子盖在她腿上。句了想不通为什么蛾子要撒谎，为什么灰元也和她同样口径。

"你来得正好，"老婆子说道，将身子倾向前面，"我要向你交代些事，把你的手拿过来吧。"

句了朝她伸出手，老婆子一把握住，像怕他跑掉似的。句了感到那双手冷冰冰的，但十分有力，根本不像一个快死的人。蛾子他们为什么要搞这种恶作剧呢？老婆子抱住了句了的手之后，便目光炯炯地盯住他。句了从来没有这样被她看过，真是难堪死了，又由难堪而变为气恼，于是试图将自己的手抽回来，没想到老婆子的手竟如铁钳一般。

"灰元来了，你就用不着去那种地方了。昨夜渔场里刮了龙卷风，幸亏你在家里。一直到了黎明，风才渐渐地平息下来，那时候我的心脏出现停跳，我本来以为自己是无法恢复了，没想到又活过来。"她说。

"怎么会有龙卷风呢?您待在家里没有外出,是不可能知道那种事的。也许是您的幻想。成天幻想着这种事,还不如去那边走一走。"句了鼓起勇气说。

"你这个流氓!"蛾子气得大骂起来,"你知道什么?什么都不知道!"

"蛾子说得对,"老婆子平静地说,她的手似乎要从句了的手上松开,但又没有真的松开。"有些事,不可能知道的,焦虑也没有用。即使是我,也只能听得见龙卷风,这说明不了什么。至于灰元,又更透彻一点,可能因为他常年捕鱼的缘故吧。请相信一个垂死老人的话吧,你要搞清的一切,我和灰元早就放弃了,那种事并无什么价值,离本质还差得很远。从我在这里住了一辈子这一点,你也该看出些问题了。"

"妈妈,妈妈!"蛾子说,眼泪顺着她年轻的脸蛋往下流。

鱼人

"现在你走吧，好好地想一想。"老婆子松开句了的手，显出不再关心他了的表情。

句了回到房里，在鱼的气味里变得神思恍惚了起来。他不知道今后他的生活要向什么方向发展。这些人，包括渔场里的七爷、灰元和隔壁这一家，他们都不给他任何启示。从他们的表情可以看出，他们知道与他有关的一些秘密，可是他们全都守口如瓶。既然这么多年都过去了，他们就不应该来管他的事了吧，却又完全不是这样。他们最近不是一般地关心他，而简直就是不容商量地介入他的生活，而且这种介入是永久性的，他想躲都躲不开。然而这不正是他所愿意的吗？他这个退了休的人，多年前流浪到此地，表面上过着一种清心寡欲的生活，实际上心里总在想着一些不该想的事。那些事是非常隐秘的，而他，在百般无聊中长出了细长的、无形的触角，无意中触到了事物的某些枝节，这一切，都被他周围的这些人看在眼里。在愤懑中句了甚至想，这些人在对他实施一个集体的阴谋。他们为什么如此冷酷呢？他的要求并不多，一个退休老头，还能有什么奢望呢？只要一点点启示，一点点趣味就够了，可是他们就是不给，不但不给，还来扰乱他的日常生活。就说那老婆子吧，折磨自己，也折磨儿女，这还不够，还得把他也搭上。是不是她因为自己过着非人的生活，于是产生变态心理，要拉一个人下水与她同归于尽？现在句了深深地感到了，他与这条街上的人，与渔场的那些人，全都是格格不入的。最大的不同就在于他从来没有关心过他们，他对他们的关心仅限于外表的观察，而他们（也许是所有的人）对他却有深入骨髓的了解，一想到这一点，句了就眼前黑黑的，沮丧得要死。

"句了对生活失去勇气了吗？"七爷站在水塘边用嘲弄的口气问。

句了看了看天，又将目光投向水里那些鱼，

说道：

"血吸虫是寄生在肝脏和血管里的吧？据说患这种病的人有些依然活到六七十岁呢，我想做个榜样。"

七爷哈哈大笑，那些鱼立刻沉到水的深处。

高高芳園
高高国际文学品牌